哨鹿

西西

译林出版社

图书在版编目（CIP）数据
哨鹿 / 西西著 .—南京：译林出版社，2020.7
ISBN 978-7-5447-8307-1

I.①哨… II.①西… III.①长篇小说－中国－当代
IV.①I247.5

中国版本图书馆 CIP 数据核字（2020）第086942号

本书由台湾洪范书店有限公司授权出版，仅限中国大陆销售。

哨鹿　西西／著

责任编辑　管小榕
特约编辑　刘盟赟
装帧设计　谢　翔
校　　对　孙玉兰　戴小娥
责任印制　颜　亮

出版发行　译林出版社
地　　址　南京市湖南路 1 号 A 楼
邮　　箱　yilin@yilin.com
网　　址　www.yilin.com
市场热线　025-86633278
排　　版　南京展望文化发展有限公司
印　　刷　南京爱德印刷有限公司
开　　本　850 毫米 × 1168 毫米　1/32
印　　张　6.5
插　　页　4
版　　次　2020 年 7 月第 1 版
印　　次　2020 年 7 月第 1 次印刷
书　　号　ISBN 978-7-5447-8307-1
定　　价　52.00 元

自序

《哨鹿》写于1980年，原来忽尔四十年前，当年在报上连载，每天约一千字，两年后由香港的素叶出版社结集出书，出版时没有删节修改。再过几年，宋淇先生（林以亮）为台湾主编一套丛书，把《哨鹿》收编其中，并写了一篇精彩的长序。我其实并非什么学人，承宋先生一直不弃，之前他主持邵氏剧务，也曾找我编剧，其一是《黛绿年华》，改编自美国小说家奥尔科特（Louisa May Alcott）的《小妇人》（*Little Women*）。对我来说，宋先生是一位学问渊博，严肃、正直的长辈，我印象中的五四学人，其风范大概就是这样。

他说《哨鹿》的结构犹如一首交响乐，整首乐曲有两个主要旋律，然后活用对古典音乐内行而精湛的认识，加以仔细的分析，令人大开眼界。其中他提到赫胥黎（Aldous Huxley）在1926年发表的音乐式小说：*Point Counter Point*（书名采自音乐名词“对位法”，小说他说可译为《相反相生》），认为赫胥黎的试验很大胆，可惜没有完全成功，反而《哨鹿》却无意间体现了他的主张，因为这是一部相当音乐化的小说云云。这当然是溢美之言。这本书如今出内地版，我重新找来翻看，再读到宋先生的大作，不胜感念。

皇冠之后十多年，《哨鹿》由洪范重排出版，我写了一个小序：

> 《哨鹿》虽是长篇小说，其实是看图讲故事，是看了郎世宁等人的《木兰图》而想象的故事。所谓木兰，是满语，意即“哨鹿”；是猎人以长哨模仿鹿声，引诱其他鹿只，然后射猎。郎世宁的手卷颇长，分四段；我也学它，写长篇，分四章。对照图卷，可以找到小说场景的许多渊源。
>
> 图卷写实，成为我认识清人生活重要的参考；我当然还需要借助大量的书本。正如一些论者指出，我拼贴了不少清人的笔记。不过我自有话要说，而且看来有点曲折。……

《哨鹿》尝试两种“对位”的语言，一种较文，另一种较白，两种并非完全对立，实也互相作用，彼此指涉。拼贴过去的文字，当然只在较文的一部分，而且也许不全是清人的。这许多年，这小说在各地出过好几个版本，还有读者要看，我深感庆幸。活字这个新版，可能是最好的一个，因为编辑替我在《清史稿》里校检书中的名称，这是我的意外收获，非常感激。

年轻的编辑指出这小说写的是十八世纪，我另一个小说《我的乔治亚》，写的同样是十八世纪，一中一西。我没有告诉他，我刚写成的一个长篇，背景也是十八世纪。这是一个最好，同时是最坏的时代。

二〇二〇年一月

繁体版序

《哨鹿》虽是长篇小说，其实是看图讲故事，是看了郎世宁等人的《木兰图》而想象的故事。所谓木兰，是满语，意即“哨鹿”；是猎人以长哨模仿鹿声，引诱其他鹿只，然后射猎。郎世宁的手卷颇长，分四段；我也学它，写长篇，分四章。对照图卷，可以找到小说场景的许多渊源。

图卷写实，成为我认识清人生活重要的参考；我当然还需要借助大量的书本。正如一些论者指出，我拼贴了不少清人的笔记。不过我自有话要说，而且看来有点曲折。朋友告诉我，十多年前，香港某电视台黄金时段一出长剧，就照抄书里的收结。记得一位在大学传理系主政的朋友也看到了，告诉我编剧原本是他的学生，而且就跟他结邻。他向学生抗议。抗议当然无效，不过意思意思。

我自然也想起当初把《哨鹿》介绍给台湾读者的宋淇先生。如今这小说由洪范书店重排出版，可说是重新出发。

一九九九年二月二十八日

目录

*

秋弥

*

在圆明三园长春园“泽兰堂”北部一带狭长地段建筑一组欧式宫苑样貌的“西洋楼”，是乾隆自己的意思。虽然，在最初的时候，计划及草图均由外来的教士呈献、建议上来，但一切都是乾隆自己的意思。这项工程自他即位十年后开始动工，如今还在积极兴建的阶段，全部的工程还没有完竣，但其中的一个“大水法”已经落成，这个新异奇趣的人工喷泉，是中国宫廷里从来没有出现过的奇景。

乾隆对这座“西洋楼”建筑群感到相当满意，满意之中掺杂了得意的神色，因为在他眼前出现的这座被命名为“谐奇趣”的西式建筑，不但在形貌上充满了教士们称之为“巴洛克风格”的东西，又混合了极具中国民族形式风采的结构。譬如“谐奇趣”的本身，楼房的石柱，用的是中国传统的汉白玉，但柱顶和柱身的模样却是西洋式那种刻满线条流畅、装饰繁华的浮雕；楼墙和窗卷口部分是砖石细刻的花纹，而墙上嵌上五色的琉璃花砖；墙身抹上粉红色的石灰，楼顶上却覆盖紫色圆形琉璃瓦。这样的中西合璧式建筑，是从来没有人尝试过的。

粉红色的石灰墙，紫色的圆形琉璃瓦，单是这一套新颖的颜色，就令“谐奇趣”显得和宫苑内其他的建筑物迥然不同，如果与紫禁城内庄严宏伟一层一层的大殿比较，“谐奇趣”看上去就更加活泼明朗了。在圆明园中，如今又添了一个景色新奇的地方；以前，园内早有各式各样不同的风景，像气势雄浑的“正大光明殿”，轻巧绮丽的“万方安和”，金碧辉煌的“琉璃宝塔”，海市蜃楼的“海岳开襟”，缥缈仙境的“蓬岛瑶台”，都是中国园林的绝色景致，红墙黄瓦，椽檐飞檐，楼阁亭榭，荷池莲塘，浓荫古木，拂水垂柳，无一不各具神采，可是，从来没有一个像“谐奇趣”般风格殊异的去处。

那边是民族风格的木结构建筑，这边是西洋式的石浮雕建筑，乾隆特别注意的是建筑物上镶嵌的瓷砖颜色，据西洋教士王致诚的禀报，要在釉中加上钴、锰、铜、锑等发色剂，才能烧成红、绿、黄、紫等艳丽的色彩，如今这些瓷砖果然光辉灿烂。从西洋来的这些教士，他们到中国来的真正目的是什么？只为了传教这么简单吗？还是借传教为名，到中国来做种种的探测？但他们倒也能够带来一些实用的科学知识，在天文学、数学、测绘地图、制造大炮和编纂历书上，对中国并非没有帮助。乾隆决定把这些外来者，能够引进西洋科技的人才留在宫廷范围之内，不让他们自由出外传教。懂天文数学的，调到钦天监去；懂水利工程的，派到圆明园去设计喷水池；懂制造火炮的，让他们去再造几门神威大炮；懂测绘地图的，迟一些可以带他们前往热河。热河，到热河去的日子已经不远了。

看着“谐奇趣”前的喷水池，那些摹拟欧洲几何图案修剪成的圆矮松柏，西洋式的伞形麾盖，乾隆决定：为了配合这一组建筑，将在园内继续营建“海晏堂”、“远瀛观”、“养雀笼”、“蓄水楼”、“万花阵”、“水法桥”和“螺蛳牌楼”等等。从法国来的教士蒋友仁是负责圆明园内一切水利工程的技师，喷水池的喷水机关是他设计的，他还计划要在园内制成一个喷水机关的总系统，制成之后，可以供给宫苑北部大量的水源；然后，他要设计一个喷水的时钟，把中国十二生肖动物铸成铜像，排列在欧式宫殿面前的三角池两边，由每一头动物轮流值班，从口中喷出水来，每头动物每次喷水两小时，构成一个连续不断的时钟。动物喷出来的水，像一道虹彩引入池中，这个设计，既美观又能报时，乾隆对蒋友仁的建议说道：好。

好，一个用水做成的时钟，京师观象台的漏壶房内就有一个用水做成的时钟，乾隆在早几年特别去过一次，当时上观象台，是去看钦天监监正教士戴进贤设计的一个玑衡抚辰仪，只见两支龙柱衔着几个能够移动的圆环，圆环上蚀着刻数。当时，戴进贤解释得非常清楚，第一道是子午圈，第二道是天常赤道，第三道是北极，接着是什么游旋赤道、赤道经圈、四游圈、南极，乾隆愈听愈摸不着边际，他感兴趣的反而是漏壶房里的一座漏壶。木梯般的架上摆着五个水壶，其中四个依次是日天壶、夜天壶、平水壶和受水壶，水从日天壶漏下来，流入夜天壶，继续流入平水壶，由平水壶，流入受水壶。受水壶是圆的，顶上有一个膝坐的铜人，持着一支漏箭，漏箭上列着刻度，漏箭随着壶内水的多寡升降，报时就看漏箭的度数。对于这座“浮箭漏”，乾隆明白多了，而且他还知道，漏壶中的水，冬夏的水温不同，平水壶有恒定水位的作用。另一个是分水壶，用来分水。

圆明园内没有铜壶滴漏，乾隆曾经想过把“浮箭漏”搬到园内去，可是，这一来，岂不是要把观象台也搬入园中？蒋友仁的建议不错，在“西洋楼”这边制造一个水的时钟，一个比漏壶更大的时钟，既是一个报时的仪器，又是一个可供观赏的喷水池。圆明园内的一景一物，实用的价值还在其次，主要仍是供作观赏，而在众多可供观赏的景物中，乾隆特别重视水。

“大水法”还没有建成之前，乾隆最喜欢的消暑地点是圆明园内的“水木明瑟”，因为这个地方的殿宇是临水建成的，又设计了一种利用水力来推动的风扇，对着这个风凉水冷的环境，乾隆免不了又题了不少诗，他在诗序中就说过：“用泰西水法引入室中，以转风扇。泠泠瑟瑟，非丝非竹，天籁遥闻，林光逾生净绿。”就是因为身处飘逸兰香，凉风冷瑟的“水木明瑟”，乾隆才想起这是一个读书的好地方，因此，他又决定了在“水木明瑟”的北面建一座“文源阁”。既然沈阳有一座“文溯阁”，热河有一座“文津阁”，紫禁城内又有一座“文渊阁”，那么，圆明园内应该也有一座“文源阁”才是。

坐在“水木明瑟”里，乾隆可以隔湖相看，遥望东北的“舍卫城”。在圆明园中，乾隆特别喜欢“舍卫城”前的南北长街，这条街又叫“买卖街”，可以是个热闹的地方，但平时却是一个人也没有，只要乾隆一下令，街上就会立刻熙熙攘攘，人们摩肩接踵起来。这个地方的特色是假，一切都是假的：市场、街道、店铺、旅馆、码头和船舶是假的；兵士、商人、盗贼、驿卒、手艺工人，也都是假的。食物铺子、公众集会的场所都是故意建搭起来的；卖技的人、说书的人、小贩和店员都是宫内的太监假扮的。这边有一队结婚的仪仗，那边却在办理丧葬；有的人在表演舞狮、胯鼓、高跷、要大头和尚；有的人在翻杠子、顶石锁、扛箱，还有小孩骑竹马、扑蝴蝶、跳白索、藏蒙儿、打花棍、竖蜻蜓，都是太监们扮演的。满街市声喧腾，人群络绎交错，各种的锣鼓声，运输货物声，热闹非凡。于是，皇帝御驾亲临了，贝子贝勒，王公大臣，文武官员，都到这条街上来了，在这个假城中，仿佛连皇帝和群臣也是假的了。

那边有一名佃户张三向田主施老爷租田。凡是要向施老爷租田，佃户们都知道有一项送鸡的规矩，但是张三没有带鸡。

于是施老爷说：此田不与张三种。张三记起了没有带鸡，于是抱了一只鸡过来。施老爷看见鸡就改了嘴：不与张三却与谁？旁边围观的人一起问施老爷：这是怎么一回事呀，怎么一转眼间说出了两种不同的话呀？施老爷说：刚才的一句是无稽（鸡）之谈，后来的一句可是见机（鸡）行事。

对于街上这样的表演，没有一名官员觉得不妥，无论是军机大臣还是内务府总管，没有一个人会喊：斗胆。也没有一名太监跪下来磕头，双腿颤抖地说：奴才罪该万死。因为这里是"买卖街"，这里是在扮演紫禁城外、圆明园外的市井景象。反正一切都是演戏，一切都是假的，假得仿佛连买了一个描金镂花的珐琅花瓶回去明晨起来一看竟会变成了一片灰烬似的。

再远一点的地方，有人哼起一首小调来了：

——张老三，我问你，你的家，在哪里？

——我的家，在山西，过了河还走三百里。

——你的家，在山西，怎么你会在这里？

——为什么，在这里，还不是为了没粮吃。

——当了兵，荒了地，全家都在北风里。

一切都是假的，这里是一座假城，一条假的街道；假的人，假的歌。但是，所有的人都在热心地表演，仿佛一切又都是真的。王公大臣们带着大群的随侍，步入商店去购物了：珠宝、瓷器、绸缎、雕漆、象牙、药材。白檀香、龙涎香、麝香的香都是真实的，绸缎触抚起来平滑而柔软，珠宝挂在项颈上光灿闪烁，一切又都是这么真实。

有时候，连乾隆自己也给弄糊涂了，走进了南北长街，到底眼前的一切什么才是真，什么才是假？坐在“水木明瑟”里，他才真正清醒过来，“买卖街”是一座假城，紫禁城外，才是一个真实的世界。他想到外面去，想到这些围墙的外面去，为什么要在假城里买杭州芳风馆的扇子、张小泉的剪刀、苏杭的刺绣？这些小玩意儿每年自有各地官员贡上来，反而是那些地方，镇江是“银码头”，无锡是“布码头”，至于苏州杭州，更是五方商贾，辐辏云集，百货充盈，那才是一个完全真实的世界。

乾隆可以到江南去。为什么不可以呢？他是皇帝，他要到什么地方去，就可以去。不过，要下江南，总得有充分的理由，譬如说，乾隆看着“水木明瑟”一带的水，水一直是乾隆的灵泉。终有那么的一天，他要到江南去。去巡视江南的水利，就是最好的理由。从水到水。乾隆脑中的“大水法”忽然哗哗地喷散起来。而这时，一名内廷侍卫趋前跪奏，哈萨克汗国的大使进马来了。

乾隆的座椅是紫檀木的，脚座也是紫檀木，镂空雕花，华丽非凡，座椅的椅垫和乾隆其他的一切椅垫一般，都是黄绢底子绣上金龙。乾隆把手搁在座椅的扶手上，在他的身旁两边分别恭立了两名内廷侍臣，左边另有一名内廷侍卫，右臂抱握长弓，左臂曲怀箭囊；囊内列出八支明丽华彩的箭翎。乾隆的座椅背后，是一幅镶嵌大理玉石的画屏，远一些的右方有一张酸枝长条几，几上放着一叠书册，另有若干珍玩。阶前下边右手处恭立着一名内廷官员及一名翻译房的廷臣。在玲珑的太湖石及花草树木掩映之间，两名哈萨克人牵着昂骏的白马来了。

为首的一名哈萨克人头戴尖顶的毛饰笠帽，身披右衽长袍，足踏软靴，牵着一匹浑身雪白的高头大马，走到阶前立即跪叩下拜，双脚双手都平伏在地面。乾隆淡淡地用满语说了两个字：伊立。伊立就是起来的意思。

哈萨克汗国的使者在说些什么，乾隆根本听不懂，但他可以理解，来使说的不外是仰慕天朝，上书通好之类的话。自先皇祖皇太极以来，向大清帝国进贡的蛮夷非常之多，尤其是漠北蒙古部落，无不相继前来。当时太宗曾经下诏，岁贡白驼一，白马八，其他的东西可以不必贡进来。骆驼和马都是白色，这就是“九白之贡”。

乾隆坐北朝南，一面听着恭谨的廷臣欠身传译胡使的说话，一面看着阶下为首的一匹白马，那马昂着头，健朗地挺立在假山石旁，两只黑漆如墨的眼睛正看着乾隆。马的毛色润泽，神态轩昂，双耳非常短小瘦削，耳根尖脱。乾隆看了一阵，和上驷院的那些马儿相比，这匹马果然不差，真的可以称得上是“竹批双耳峻，风入四蹄轻”。于是，皇帝在威严的仪态中，微微现出了笑容。

今天，乾隆的心情很好，不知道是不是因为看了一阵“西洋楼”的建筑，受了活泼明亮奇异色彩的影响，他忽然想起了诗和画，只要在任何地方看见什么赏心乐事，他都会想到诗和画，譬如盛放的牡丹、怡神的湖水或热闹的“清音阁”，又或火树银花，上下天光，他自然就把诗、画与景物交融在一起了。现在，乾隆想起的是画。“养心殿”后面和“建福宫”那一带的库房里到底有多少珍藏的书画，乾隆实在记不得；但总有许多，在他的印象里还有一点儿影子，这些事物都会在他的脑中偶然蠕蠕游动。面前的这匹马，使他想起宋代李公麟的一幅《五马图》，其中有一匹，也是这般神态，仿佛眼前的马是从那幅画里跑下来的。

从晋代开始，中国就有骏马图了吧，历代之中，不但画马的人多，能够欣赏名画的皇帝也不少，像南朝的梁武帝，唐朝的唐太宗，南唐的李后主，宋朝的宋徽宗，明朝的明宣宗，都是著名酷爱书画的皇帝。至于大清帝国，皇祖圣祖也是这样的皇帝，圣祖当时还说要封唐岱为画状元；现在，就轮到乾隆自己了。想到这里，乾隆不禁又微微地笑起来。他何尝不是一个文才武略兼备的皇帝，在诗词书画上，他相信自己绝不会比先代的唐太宗、宋徽宗逊色，至于武功，当然远胜远朝的李后主和明宣宗。大清帝国在他的统辖之下，必定国势兴隆，威震异域。他的丰功伟绩、文治武功，在历史上将会留下烜赫的一页。

看着面前的这匹白马，乾隆想起了很多有关马匹的名画，有一幅元代赵孟頫的《调良图》，印象就很深刻，那幅画画的是一名马伕牵着骏马出来散步吃草，忽然左边有一阵劲风拂过，把马尾和马鬃毛都吹得飘起来，马伕的衣衫和胡须也被吹得甩向一边，马伕连忙举手挡风，怕被沙土吹迷了眼睛。画里的那匹马，就和阶下的这匹马差不多，所不同的是，画里的马是赤褐色，眼下的马是一片白。乾隆所以记得起那幅画，是因为马的鬃毛被风吹得横飘起来，一层一层，游游漾漾，仿佛湖上粼粼的波纹。在那幅画上，乾隆盖上了一个巨大的“乾隆御览之宝”。只要是一幅好画，只要乾隆觉得是好画，他都要在画上盖玺印章，表示自己的鉴赏眼光独到高明，愈是喜欢的画，他盖的玺章愈多，四五个章是最平常的事。将来，乾隆想过，到自己年纪大，他一定会万寿无疆的，那时候，他还要做一个章，叫“古稀天子”，将所有他特别鉴赏的画全盖上这个印章。

说起盖章，乾隆可又想起另一幅有关马的画来了，那是唐朝韩幹的《照夜白图》，“照夜白”可是一匹骠悍的马，鬃毛硬得像一个刷，双眼的四周长着黑眼圈，那匹马被拴在马厩内，但它四蹄踢腾，昂首嘶鸣，表现出一副不受控制的样子，仿佛就要挣脱缰绳，发身飞跑。乾隆所以记起这幅画，一方面自是由于画中的马是那么神骏生栩，另一方面也因为画上到处都盖满了印章，使他的“乾隆御览之宝”几乎没有地方可以挤进去。

廷臣在喃喃地翻译来使的文书，乾隆的思路才从马的身上回到人的身上来，但他才对来使的衣饰面容扫了一眼，思潮又拍打到一幅情景和时下十分相似的画幅上，那是唐代周昉的《蛮夷执贡图》，图中的人物鬈发长须，睁眉突目，弯嘴曲鼻，身披胡服，腰系佩剑，手执引绳，牵着一头似羊非羊、似鹿非鹿的动物，兽颏垂着胡子，头顶的笏角比身躯还要长，圆睁的眼，黑睛白珠，简直就和牵者的眼睛一模一样，这幅画画的是边疆藩属向唐皇进贡的情形。现在，可是乾隆端坐在御座上，接受边疆藩属的职责。

唐代可是一个声威远播的朝代，国势之盛，只有汉武帝的时代可以相比。唐太宗李世民更是一位武功卓越的帝王，他在扩展李唐帝业期间，南征北讨，辗转多少艰苦经营，才得一统江山，乾隆自幼就敬佩崇拜这等的英雄人物，在先皇祖之中，太祖、太宗、圣祖、世宗也都是战功彪炳，赫赫威武者，才奠下大清不朽的基业，如果不是先皇祖的丰功伟业，怎能令边疆外藩刑白马乌牛，誓告天地，相与盟好。

外藩会继续年年谨守职责吗？每当胡使俯伏阶下，乾隆就会想起这样的问题，只要藩属仍然在阶前出现，大清的威信自是在远藩的心目中屹立不倒，不过，乾隆知道，这些俯首称臣的部落和汗国，随时均有叛变的可能，只要天朝稍有疏忽，偶然漠视，就会掀起难以控制的局面。在藩属之间，不但派系壁垒分明，还有虎视眈眈的邻藩，将乘隙崛起，霸取权势，这些都令乾隆陷入深思之中。对于边疆的部落，乾隆必须紧紧掌握手心，牢牢牵引，不能让他们成为断线的风筝。

乾隆搁在座椅扶手上的手，渐渐紧握成拳，然后又渐渐地放松了，他的视线也从人的身上回到马的身上。他根本没有听见翻译廷臣呢呢喃喃的说话，他忽然想，眼前的这匹白马，不知道叫作什么名字才好，这么白，难道又叫照夜白？李公麟的《五马图》卷内就有一匹马，也叫照夜白，其他的叫作“凤头骢”“锦膊骢”“满川花”“好头赤”，最奇怪的名字是“好头赤”，好像是乡下佃农养的畜牲，比起来，唐太宗的六骏，就有非常神采的名字：飒露紫、拳毛䯄、白蹄乌、特勒骠、青骓、什伐赤。

先皇祖太宗皇帝有一次同大学士希福、刚林和范文程谈话，说是科尔沁国土谢图额驸有一头名马，叫作“杭爱”，皇祖想以甲十副交易，但他不肯；后来，蒙古察哈尔汗向他要马，只给一胄，就把马强夺而去。察哈尔汗又拿一副甲胄去送阿禄部落，讨一千匹马；见到科尔沁卓礼克图亲王有一头鹰，能横扑飞鸟，竟遣人索鹰，取鹰之后，什么报酬也没有，引起普遍的不满。皇祖于是说：以力服人，不如令人中心悦服为贵也。对于皇祖的这番说话，由祖宗传下来，乾隆一直不敢忘记，在未来的日子里，他对外藩所采取的政策，既要“慑之以兵”，还要“怀之以德”，而更重要的，必须“绳之以法”。

今天，乾隆并没有想到要骑马驰骋，况且，他此刻亦没有穿上骑策的衣服，没有手执七宝紫红玛瑙鞭；马的身上也没有蒙鞍，马旁更没有马杌。没有马杌，乾隆能够飞身上马吗？先皇祖太祖武皇帝的一辈子可是在马背上度过的，满族人有谁不能跃马自鞭？但汉族的文官都引以为苦，当他们骑上一匹马，必须一人牵马，一人鞭马；在马的旁边，又要放上一张马杌，人先踏在马杌上，才登上马背，仿佛妇人女子，这就是两族文化之不同处。汉族是一个庞大的民族，文化程度又高，作为大清帝国的皇帝，要统治一个这样的民族，实在并不容易。有时候，乾隆觉得自己已经渐渐变为一个汉人了，虽然身穿满族的衣冠，但他居住的难道不是汉人的地方，说的难道不是汉语，写的难道不是汉文？喜欢的又都是些汉书汉画，连上马，他也已经要站在一张擎朱红水地戏珠龙杌子上了。难怪那些太监们都会说，外边的官邸门前均有上马石。

凉风掠过，假山石后的树叶簌簌摇响，阶下的白马拂摆着尾巴，胡使的衣衫随风微微扬起褶浪，翻译廷臣仍在喃喃地启奏，恭谨地躬身发声，两旁的御前大臣和侍卫肃立无言，这景况，不就是一幅“蛮夷职贡图”吗？于是，乾隆忽然心血来潮道：速召郎世宁。廷侍领旨跪退，直奔“如意馆”去时，乾隆又自言自语地说了一句话：木兰围场，习武绥远。

“习武木兰，毋忘家法。”秋狝的消息刚从圆明园的“正大光明殿”中传出来，紫禁城中的皇子，京城中的贝勒、亲王，无不兴奋莫名，有关的王公大臣也相应忙碌不停，开始积极展开筹备的工作。和过往的情况相同，只要秋狝的消息一经透露，总理行营的亲王立即向皇上奏请任命一名向导官，官员接令后，随即率领各营熟悉行营途径，富于经验的将校们，先行前往勘察地势，沿途上修葺桥道，以便行军。同时，秋狝的文书也已经下到各处有关总督和巡抚衙门，着令打点一切事项，并事先晓谕军民，在行营的日子，清肃道路，跪接圣驾。至于各地的驻防将军、都统，包括畿辅驻防二十五处，东北三省四十四处，新疆八处，各省二十处，都已接获公文，将所属军官、士兵，选拔人品出众、武艺超群者，分班遣赴京师，参加围猎。一切都和以前的情形一样，所不同的只是，大清皇帝重要的狩猎活动，由今年起，已经由两年一次改为岁举了。

当总理行营的亲王向皇上奏请任命向导官时，宗人府及内阁部院也奏请皇上指派随从的王公大臣及八旗之护军统领。于是，特别为围场所设立的各项射猎、护卫部门也筹备了起来，如御枪处、鹰狗处、上虞备用处，无不召集勤练，整装待发，又在满洲各部落及蒙古诸部挑选善于骑术、精于猎狩的射生子，在围场时执行射猎的任务。每月练习弓马六次，春秋两季操练马步的骑射和火器的精选军兵，更加每日不停地操练起来。

秋狝的消息当然也传到了长城外面，和以往一般，蒙古的昭乌达盟和卓索图盟，准备了在围场的巴雅尔额尔衮郭联合迎宴大清的天子。这两个盟部为了欢宴秋狝的来宾，虽然离八月还有几个月的时间，却也隆重地准备起来。到了八月，清单上的各项，必须一一办妥，这一切事物包括了：蒙古包六座，白骆驼十八只，鞍马十八匹，骖马一百六十二匹，牛十八头，羊一百六十二头，酒八十一坛，食品二十七席，相扑者二十人，蒙古乐队九十人，骑生驹者二十人，生驹无定数，呈马技二百五十四。

在圆明园“勤政亲贤殿”内，乾隆打开了一份份的奏折批阅，殿内静悄悄地侍立着两名御前太监。时候大概不早了，但乾隆并不感到饥饿，只要他说一声“传膳”，眼前的太监便会一字不易地向守在明殿上的殿上太监说：“传膳。”殿上太监也是一字不易地向门外鹄立的太监说同样的话，直把“传膳”两个字一直传到御膳房太监那里。于是，一群排列整齐、衣着鲜明的太监抬着大大小小的膳桌，捧着金龙的朱漆盒子就会朝这边鱼贯而来。而附近的“飞云轩”“四得堂”“秀木佳荫”“生秋亭”也忽然热闹起来，“芳碧丛”的竹子就更加晃荡不定了。

但现在乾隆还不打算进膳，只拿起龙书案上的奏折看。奏折中有不少芝麻绿豆的折子，尽是些请安折、进枇杷果折、进京祝寿蒙赐食品谢恩折、谢教诲折，份份奏折上都端正恭写着：恭请万岁圣安，恭请万岁圣安。普天之下，如今就只得乾隆自己一个人是万岁。万岁是什么呢？是能够在世界上活上一万年吧，有谁能够活一万年呢？每一个人都称乾隆为万岁，这些人真的希望他活上一万年么？那么这些人难道不希望自己活一万年，自己的父母、子女、亲朋，活一万年？但是，没有一个人可以对自己说万岁，也不可以向自己的父母子女亲朋高呼万岁，谁敢？天下只有一个万岁。

从前是有很多万岁的，东汉的大将马援封为新息侯时，食邑三千户。马援击牛酿酒，劳飨军士，吏士都伏地呼称万岁。马援不过是一名大将而已。还有唐朝的郭子仪，与回纥会盟时，执酒为誓，郭子仪以酒酬地道：大唐天子万岁，回纥可汗亦万岁，两国将相亦万岁。这么多人都可以被称万岁。秦始皇是第一个被称为万岁的皇帝，现在呢，只有乾隆才是万岁。

乾隆打开一个折子，这是个进端午龙袍折，折件之前循例写着官员的职衔和姓名。乾隆匆匆一瞥，只看进几个“管理苏州织造员外郎”等字样，折上啰啰嗦嗦，里里拉拉写了一堆奴才话：窃臣犬马微贱，感激圣恩，日深依恋，但报效未能，惶悚弥切。兹值恭进端午龙袍，特请皇上万安，伏惟睿鉴，臣无任欢欣颂祝之至。从这些奏折中，乾隆看得出，皇帝的威严，是多么地深入臣心；所有的人，在皇帝的面前，都变成蚂蚁。乾隆有时并不明白为什么自己会是皇帝，而所有的人都是蚂蚁，他一出生，似乎就是注定要做皇帝的，而结果，就自自然然地当上了皇帝了。很多人虽然生在帝王家，但并不一定可以成为皇帝，譬如先皇世宗皇帝，本来只是四皇子，如果先皇世宗皇帝没有坐上帝位，乾隆当然也不会成为皇帝了。当上皇帝，毕竟是一件天机巧合的事，如果不是真命天子，绝对没有成为皇帝的可能吧，乾隆自信自己是大清帝国第六代的真命天子，是独一无二的乾隆皇帝。而皇帝又是什么意思呢？东汉蔡邕说：皇帝，至尊之称。皇者，煌也，盛德煌煌，无所不照。帝者，谛也。能行天道，事天审谛，故称皇帝。但秦始皇则自以为德兼三皇，功过五帝，而更号曰皇帝。当皇帝真是一件非常与众不同的事，臣民称自己为“陛下”，自己称自己为“朕”，史官记事曰：上，住的地方叫“禁中”，去一处地方叫“幸”，进一处所在叫“御”，用的印章叫“玺”，出入有一大群人随从，衣食住行有一大群人侍奉，每日有诸侯群臣朝贺，俯仰进退都按礼节而行，难怪汉高祖于长乐宫建成受文武大臣朝拜时感叹说“吾乃今日知为皇帝之贵也”。能行天道，事天审谛，故称皇帝。是不是历代的皇帝都能做到能行天道，事天审谛？作为一个明君圣主，自当讲文修武，立法度，正纲纪，选贤任能，赏功罚罪，上使各得其职，下则与民休息，只有这样，天下才得安定，皇位方能牢固。乾隆会是这样的一个皇帝吗？汉天子有六玺，乾隆自己有宝玺二十五颗，他能好好地运用这批宝玺，成为一位明君圣主吗？

乾隆又匆匆打开一道奏折来看，但见黑墨墨一堆字，写的也不是什么重要事情，只是：窃奴才奏万岁旨意，着奴才送丹桂二十盆至热河，六月中要到。钦此钦遵。奴才即挑选桂花，现在雇觅船只装载，即日从水路北行，遵旨押送热河。理合奏闻，伏乞圣鉴。乾隆阅毕，举笔朱批了三个字：知道了。他放下笔来，御前太监忽然听见皇帝平淡低沉的声调：传膳。

如果有一头牛就好了。如果有一头牛，就可以让牛来拉动播种斗，不必自己用手又慢又吃力地播种。只要有一头牛，可以把起土的犁脱下犁头，改装成一根横木，在木上并排插两块尖铁，中间装个小斗，斗内盛满麦的种子，斗的底部钻些梅花眼孔，麦子就会从眼孔中漏下来。有一头牛来拉动播种斗该多好呢，赶牛走快一些，麦种就会漏得又密又多；让牛走得慢一些，种子就可以撒得稀一点少一点。撒完了种，又可以把播种斗解下来，换上一对小石压，一面压土，一面把麦种埋入泥去，只要土压得紧，麦种不久就能发芽了。

但王阿贵没有牛，翻土的时候，他只能在犁上绑个横杠，和翠花两个人，一个走在犁的前面，一个跟在犁的后面，拉犁翻土；做一整天的工作只能顶得一头牛的力气，两个人都累得满身大汗。翻土可要翻好多次哪，泥土一定要松，翻松了才耙，没有牛，耙地也是辛苦的。王阿贵还不是得和翠花一起用肩和手拉着磨耙耙地，做一天工作勉强可以顶得一头牛力。

现在，王阿贵在田里播种，翠花不能出来帮他了；虽然，翠花一直说要到田里来，王阿贵怎能让她下田呢，她生下孩子还没有满月，在家里又要照顾小孩，又要做饭，还得缝补点衣衫。田里的工作，还是由王阿贵自己一个人做吧。即使辛苦，只要一家三口能够活下去，他实在没有别的要求了。如今，他唯一的希望就是叫自己勤奋地耕地，做得到的话，积一点儿钱，买一头牛。每次上集去买点线呀，布呀时，王阿贵总要去看看集上的牛。集上水牛也有，黄牛也有，健硕的牛有，瘦弱的牛也有。看牛的人除了王阿贵，还有许多人，有的人真的付了钱牵着牛走了，直看得王阿贵羡慕不已。在集上，王阿贵挤在一群看牛的人丛中，听见人们议论牛的好坏和脾气，听得多了，他自自然然地也懂一点买牛的门道了。譬如说，如果要买一头牛，就得选那些大眼睛的、眼睛离牛角近的牛，最好眼睛中间有白脉贯穿眼瞳子的。此外，牛的颈骨要长，脚肢间要阔，毛要短要密，尾上毛少骨多的牛才有力气。如果牛的角摸上去冷，牛就有病了；耳朵多长毛，不能耐寒耐热；尾巴拖到地上，是没有气力的牛；牛的鼻子像镜子，很难牵；容易牵的牛是听话的牛，难牵的牛是坏脾气的牛。聚在一起看牛的人还会告诉王阿贵，如果要买母牛，就得看牛粪，一夜下三堆粪的母牛，一年会生一头小牛；一夜下一堆粪的母牛，要三年才生一头小牛哪。

如果有一头牛就好了，有了牛，王阿贵一定会把牛照顾得好好的，当它是自己的亲人一般。如果是头水牛，夏天就带它到小河里去浸水，冬天就盖个牛棚给它防寒。不过，王阿贵不会买水牛，水牛的气力比黄牛大一倍，价钱也贵得多哪，只要有一头黄牛，他已经心满意足了。有了牛，王阿贵会把它饲养得妥妥当当，春耕时出了汗，不叫牛给雨淋，下雨时也要把牛赶进牛棚，过了谷雨就不再怕风吹雨打了。

什么时候才能买一头牛呢？大概还要过一年吧，一年后，王阿贵或许就能买一头牛。那时候，他可要为牛大大地忙碌起来。放牛的时候要找向阳、背风、草好的地方，除了吃草，还要把家里的黄油、炒米、砖茶拌在饲料里，每隔一个时期，给牛一点盐和碱供它舔啖，夏天则要多喝点水。牛喜欢白天采食，夜间卧着倒嚼，但也要给它足够的饲料。那么，还可以在牛的项颈上挂一个铃，牛吃草的时候，铃会响，如果不响，就是吃完了。牛睡觉的地方，一定要干净、软柔、温暖，没有蚊子苍蝇，如果天气很冷，叫翠花给牛缝一个护腰。

对于牛，王阿贵真是想烂了脑袋，他是那么地想牛，如果不是那么地盼望有一头牛，为什么要把他们的孩子叫作来牛呢，就是希望来牛能够带一头牛来呀。在来牛还没有出生的时候，他的心可不是全放在牛身上，有一半是放了在来牛的身上，那时候，他想的可都是怎样好好地照顾来牛的事。现在，来牛养得胖胖的，他的心思可又回到牛的身上来了。这真是多么奇怪的改变呀，现在的王阿贵居然全心全意地关心牛只，种起田来了，他本来并不是一名庄稼汉。像他的父亲，他自小就在严寒的北方长大，眼中看见的只是一片无际的森林，一年里有大部分的时间和冰雪为伍。王阿贵的父亲是猎人，他自己也是猎人，他很小就跟父亲出外狩猎，尤其是晚上，猎民会在大河边的沙滩上点燃起篝火，一面准备做饭饱餐一顿，一面准备出发打猎。他们会乘上葫芦瓢似的桦皮船，钻进水草繁茂的水泡子，王阿贵只听见水草中有踩水的响声，耳边一阵箭镞破空飞过，一个像骆驼那么大的野兽忽然倒在水草里了，那就是大兴安岭独有的动物犴达罕。犴达罕也就是驼鹿。

和父亲一起狩猎的日子，王阿贵认识很多野兽和动物，他自己喜欢的动物则是角鹿，因为大多数的野兽都是凶猛的，只有鹿十分友善，尤其是角鹿，这种又像鹿，又像牛，又像马，又像驴的动物，猎民称它们作“四不像”，但它们都是美丽的，不论雌鹿雄鹿，头上都长着长的角，所以才叫作“角鹿”。有时候，父亲见到了角鹿也没有射杀，它们总是一大群聚在一起，奔跑起来像一阵风。夏天的时候，它们找一些绿的藓苔植物吃，冬天的时候并不饮水，只啃雪，刚生下的小鹿几个时辰之后就会自己站起来走路了。那时候，王阿贵的年纪还小哩，父亲做了一个玩具给他，是一根长长的木管子，可以吹得响，那种声音，仿佛鹿的叫声。有一次，王阿贵坐在树林里吹着木管子玩耍，忽然有一头长着很大的角的鹿跑到他的面前来，那真是一件很特别的玩具。后来王阿贵长大了自己也会做；将来，他可要做一个，送给来牛玩。小鹿刚生下来没有多久就会走路，来牛可得要等一年半载才会吧，等他会走路了，长大了，一定也教他怎样吹木管，引一头有长角的鹿来。

王阿贵把用草木灰拌过的麦粮，伸手一把一把抓起来，分播在田中，然后用脚跟把泥土踩紧，没有牛，他只能用这个最古老的方法来种麦。幸亏这里的土壤不比南方，这里的泥土是疏松的黑土，用犁耙起来还比较容易，而且，比起种稻，种麦也轻松多了；种稻要浇很多的水，又要壅泥除草；而种麦呢，播了种以后，勤于锄草就可以了，只要没有蝗灾，过了冬天，明年就有好收成。王阿贵现在可变成了一个道地的庄稼汉了，刚到这里来的时候，他并不知道自己究竟会不会种田，一个对泥土毫无认识的人，稻麦高粱不分的人，能种田吗？但现在，他终于适应下来，他和翠花，和来牛，终于在这个地方居住下来，活下来了。当初下田的时候，他和翠花都是糊糊涂涂的，不知道水源在哪里，锄头该怎样拿在手中。还记得第一年收割麦子，他学别人扬麦去秕，因为没有风，扬不起来，后来有了风，又因为站在屋檐下，都扬进屋子里去了。

而翠花推磨碾麦，转了几个圈，就转晕了。本来，强壮的人一天可以磨三斗麦，体弱的人也能磨一斗半，翠花却只磨了两斤。现在，一切都似乎定了下来，只要官府没有人来就天下太平了；若是官府的人一来，大难也会跟着降临的。官府的人一共来过多少次，王阿贵记不大清楚，总之，每一次都带来坏消息：田赋又要增加了。这些田赋地税也不明白是怎么一回事，就有那么多的名堂。有一天，有两位官府里的大爷来说，要交“火耗”。“火耗”是什么东西呢？王阿贵上集去的时候，问了集上的人，他们说，大伙儿交给官府的田赋地税都是些散碎的银子，这些散碎的银子，要经过加工铸造，加火再烧，熔炼成一个一个一定数量的银锭，才上缴国库，因为这么一熔一炼，其中的损耗不少，要由老百姓补足，所以就是“火耗”。又有一次，官府里的人说是要交“鼠耗”和“雀耗”，这次，王阿贵可明白了，大伙儿交上去的麦子、高粱和玉米这些粮食，一定是在运送的时候给鸟儿吃去了些，藏在仓库里又给老鼠搬去了些，也是要老百姓去补。将来还有多少什么什么的耗要来，王阿贵想也不敢想，若是还要添许多奇奇怪怪的“耗”，那么，王阿贵的牛一定买不成了，没有了牛，王阿贵只能永远凭自己的一双手挨到老死了。

“阿贵啊！”

王阿贵忽然听到翠花呼唤他的声音，不禁心里一寒。上次也是这样，他在田里工作，听见正在做饭的翠花呼唤他，因为官府里有人来了。那一次，说是要抽壮丁去筑路，后来因为见到他家只有一个男丁，才没有把王阿贵抽去。但已经把他和翠花吓得满头大汗。

“阿贵啊！”

是翠花的声音。这次又是什么事呢，官府又有人来了吗？王阿贵把手中的篓放在地上，急急忙忙朝家里跑去。他看见自己家的篱笆了，篱笆上蔓生着扁豆，平时，他总要看看扁豆有没有长大些，但现在，他的心忐忑地不停跳动，整个人竟几乎被一块小石绊倒。他看见几名陌生人，坐在屋里喝茶，这些人就和他以前见过的人一般打扮，都是官府里的人，篱笆外面则拴着马。

“谁是户主哪？”

“是小人，大爷。”

“叫什么名字？”

“小的叫王阿贵，大爷。”

“哪里人氏？”

“直隶大名府长垣县人，大爷。”

“家里还有些什么人？”

“小人的女人翠花，大爷。”

“还有呢？”

“小人的儿子来牛，大爷。”

“多大了？”

“还没有满月，大爷。”

“还有呢？”

“没有了，大爷。”

“就三个人？”

“就三个人，大爷。”

官府里的人不知道在翻什么文件，王阿贵站在一边垂着两只手。翠花站在他的背后，抱着孩子。

“王阿贵，你听着，打明儿起，门口外面要挂一个门牌，上面写户主的姓名、职事和丁男数目，以便日后抽查，明白了没有？”

“要写户主姓名？”

“就是你，就写王阿贵。”

“是哪，大爷。”

“至于丁男数目，你只有一个还没满月的小孩，不用写，要到十六岁才算壮丁。”

“是哪，大爷。”

“女人也不用写。”

“是，大爷。”

“得快快办好噢，不得延误噢。”

“是，大爷。”

官员办完公事，一起骑马离去了，听着马蹄的声音在小路上渐渐消失，王阿贵才觉得好像压在肩上的一个大石磨忽然被菩萨托走了。原来不是抽壮丁去筑路哪，也不是来催收什么“耗”的附加税，不过是要在门上挂一个牌，写上户主的名字、籍贯和职事。早一阵在集上就听得有人说，当今的皇上要推行一种“保安富户”的保甲制度，每十户人家合为一牌，十个牌合做一甲，十个甲编为一保，牌和甲各设些“头”来管理牌里和甲里的人，保上设“长”，管理保里的人。集上的人说，皇上这么做，是要保护老百姓，检查盗贼。无论什么人，从什么地方来，到什么地方去，是哪里人氏，干什么事，牌上和甲上立刻就知道。这样，才不会有盗贼敢随意往来。集上人说的“弭盗”，大概是一件好事吧，那时候，只听说在县里城里推行，没想到，这么快，连乡间也管上了，而且，王阿贵住的又是那么偏僻的地方。可不管皇上的什么“保甲制度”，只要不是抽税服役，王阿贵就安心了，他现在要关心的是怎么把田种好，麦箩还搁在田里的地上哩。

“喝一碗茶再下田吧。”

翠花端上一碗茶来，另一只手抱着睡熟了的孩子。翠花一直是个漂亮的女人，在王阿贵的眼中，她一点儿也没有变，黑黑的鹅蛋脸，乌亮亮的眼睛。她穿着一袭蓝布裤子，一件蓝色的短袄，镶着藏青色的阔滚边，头上挽了一个发髻，垂在脑后。

“茶要凉了哩。”

王阿贵只顾看着翠花出了神，翠花自己也低下头来看了看衣裤，又看了看双足，伸手轻轻按了按脑后的发髻，对着王阿贵微微地笑笑，然后走到墙的另一边，把睡了的孩子一面轻摇，一面放在床上。王阿贵看见翠花穿着一双黑布鞋，鞋面上绣了几朵红花，翠花从来没有缠过足，她可以在田里走得很快很快。王阿贵捧着碗，把茶喝了个干净。

“来牛睡着了吧？”

翠花点点头。

“我要回到田里去了。”

翠花又点点头。

明年，等收了麦子，种些什么好呢？可以种玉米、豆子，也可以种棉花。屋子的旁边，还可以种一些菜，只要围起来，就不怕给小鸡吃掉了。王阿贵忽然又听见马蹄声，是那些来通知要在门上挂一个户牌的保甲官员吗？不，王阿贵看见的是另外的一批人，这些人骑在马上，手中牵着绳子，是两匹马，一前一后，马上的人各拉着绳子的一端，两匹马都在跑，有时候，其中的一匹马停着不动，另外的一匹围着不动的马打圈跑，拖着那条又长又直的绳子。有几个人没有骑马，他们在量地，就依着绳子圈起来的土地量，王阿贵不知道这到底是怎么一回事。起初，骑着马牵着绳的人还是远远地在山的一边打圈量地，忽然，马匹跑到王阿贵站的地方来了，马匹不但踩翻了王阿贵的麦箩，还把王阿贵播了麦种的田践踏得不成样子，牵着绳的骑马人还把绳子一直绕过去，把王阿贵住的茅屋也圈在圈子里边，这可叫王阿贵呆了。他忽然想起来，在集上的时候，他听见过有人说起，以前有许多地方，都叫皇帝的亲王和八旗官他们占去了，占的方法就是乘了马，拿着绳来圈地，起初只圈些无主荒田，后来不管有主没主，一律圈取。皇帝让亲王和八旗官圈地，一来好让自己的四周都住些满族皇亲和八旗兵，二来嘛，满族的八旗兵打仗用的马匹、器械、饲料，都是八旗兵自备的，让他们圈些地，可以养马，又可以收田税。但这都是以前的事，后来，就没有圈地这样的事再发生过。如今，王阿贵可是亲眼看见有人来圈地了，这是真的还是假的？不是说圈地的事已经给禁了吗，怎么又有人在他的田里，在他的屋外牵绳量度？如果圈地的事是真的，那么，王阿贵这一生可以说是完了，别说他永远也不可能买一头牛，连他种的田，他住的屋子，都被圈走了。

“大爷，你们这是在干什么呢？”

“我们是官府里派来圈地的。”

“不是已经没有圈地这回事了么？”

“什么有没有，你这里的地方是给圈定了。”

“那么，我，我们，我们一家人怎么办哪？”

“你可以给我们老爷种田，自愿‘投充’。”

“‘投充’？”

“就是你自己去说，愿意给老爷种田。你看，还不是有田给你种。”

还不是有田种，但这差别可大啦。王阿贵听过人家说，从前有很多人，给圈了地，没处投生，只好给旗主种田，无论干了多少活，种了多少粮，都是旗主的。除了种田，还得做许多别的事，喂马啦，修圈啦，捕兽啦，伐木啦，什么都要做，跟定了一位旗主又不能到别的地方去，自己的孩子长大了不能参加科举、做官，平日工作的时间又长，穿不暖，吃不饱，要打要骂全凭别人的高兴，真是做牛做马一般的生活；还说有许多人拼命逃走，逃得掉的，到处被官兵追捕，抓回来的，当然就被处死了。

王阿贵用手使劲地擦眼睛，又发力扯自己的头发，一切都是真的，圈地的人还在他的面前，仿佛当他是一个稻草人。王阿贵只觉脑子里一阵昏乱，他的两只脚牢牢地钉在地面上，不知道该移向麦田那一边，还是后退到屋子那边去。这一次什么都完了，牛啊，麦子啊，田啊，屋子啊，什么都完了。翠花，翠花，咱们以后怎么办呢？

天刚刚亮，太阳还没有出来，市集上已经车马往来，人们川流不息了。在土地庙的门外一边，有一群人静静地整齐地荷着锄头站着，等待有田的人来找人下田去工作。王阿贵穿着薄薄的衣衫，也站在这群人中间，倚着一把锄头，远远看去，也不知道是他的锄头倚着他，还是他倚着锄头。自从失去了田地和居屋，他已经流徙过不少的地方，到处做各样的工作，有一天过一天，生活得几乎和乞丐一般。无论如何，他是不能够去“投充”的，他不能带着翠花和来牛去“投充”，他宁愿流亡，宁愿过这种日不保夕的赤贫的生活。也许是天意，也许是命中注定他要过这样的日子。但他必须活下来，为了翠花，为了来牛，他要活下来。这些日子里，他在农忙的月份里替人做过“忙工”，做过三几日的“伴工”，也做过一阵几个月长的“长工”，但每到十月初一日，雇主在农忙之后就会摆下酒肴宴请种田的雇工，酒宴过后，就“散场”了，散场就是不再雇用的意思。王阿贵刚从一名雇主的田里散场出来，散了场他又没有工作了，他只能荷着一把锄头，站在市集上，看看有没有人找他去干活。王阿贵也想过，该勤奋地工作，积一点钱，租两亩田从头再来吧，或者，前途并非完全是黑麻麻的。租两亩田，两口子一起下田，也许将来还可以买一头牛。但是，王阿贵不久就死了心，田虽然有肥有瘦，租银有高有低，但即使他有租田的钱，却没有押租的钱呀。王阿贵觉得在他身边的一切都在不停地变，从前，大家可以到荒地去开垦，荒地是不用租的，一个人能开垦多少荒地，就有多少田地。后来，荒地少了，田多了，要种田的人只可以向有田的人租田。现在呢，要租一亩田，不但要交租银，还要交押租的规银，押银比租银还要贵。

站在王阿贵旁边的李五，连续半个月来，一直和王阿贵一样，太阳还没有出来就站在市集上了，他曾经租过几亩田，结果因为年成不好，遇上了旱灾，决定还是退了田，不再自己种。租田的时候可是说好的：辞地还钱。但是田主不肯退还押银，又说欠课扣抵，又说租钱未清，总之是把钱吃掉了。李五对王阿贵说：千万不要租田哪，你看看我，租到了田还不是一无所有。王阿贵不会租田，不是害怕将来会一无所有，而是他根本没有租田的租银，更没法筹那笔昂贵的押银。他还是站在这里，当一名众人口中的“雇工子”，过了今天再说，至于明天，那就是明天的事了。王阿贵是不是愈来愈不长进，愈来愈没有志气了呢？他答不上来，这些年来，他仿佛被一个巨大的石磨碾扁了。这些年来，真正挨苦的还是翠花吧，住的是泥棚，吃的穿的，都是不饱不暖的东西，但她并没有一句怨言。她曾经说过，无论流浪到天涯海角，无论生活多么困苦，她都会跟着王阿贵，既然当初是她自己选定了跟他，她不会后悔。王阿贵有时候不禁想起他们以前一起的那些快乐日子，或者，翠花也想过的吧，大概他们都靠那些记忆支持自己活下去。当然，他们不怕吃苦，没有一句怨言，还为了他们的孩子。

来牛已经会走路了，不但会叫爹爹娘亲，还会说许多傻话，王阿贵不知道他将来长大了会怎样，会种田，还是去做其他的劳役？相信他长大了不会狩猎，有谁告诉他怎样去捕捉一头鹿呢？附近没有森林，王阿贵已经不记得怎样去拉弓射箭，他的手会颤抖，他的视线会模糊，他会连一只兔子也打不到。至于鹿，他还有什么本领带来牛去看一头长着巨大的角的鹿？他甚至没有时间为来牛做一根木管，吹响起来，仿佛鹿的唤叫。王阿贵甚至不知道来牛能不能长大，许多小孩在饥寒交迫下死去，来牛却活了下来，如果将来他不能够活得好，而是要苦命地挨一生，倒不如没有生他。翠花的想法又是怎样呢？他一直不敢和她提起关于来牛的将来，翠花也不说话，只尽了她的能力来爱护来牛，照顾他，养育他，不管将来来牛会怎样，只要他多活一天，就让他多得到些父母的亲情和温暖吧。

比较起来，王阿贵的童年大概比来牛幸福些，虽然，艰苦的日子是相同的，可是，王阿贵小时候常常在父亲的身边，父亲很多次出猎，都把他带了去，让他习惯猎民的生活，对野生的动物不要害怕。王阿贵记得，那时候，他们不分冬天或夏天，都穿一双用狲皮做的“沙什克”。冬天的时候，天气冷，就在靴里塞些狲毛，到了夏天，浸多了雨水，“沙什克”就会愈穿愈大，一旦干了，又硬得像石头，连脚也伸不进去。他们那时候也没有房屋，住的东西叫“撮罗子”，是用二十八根桦木杆支撑成的一个三角架，在上面铺上桦树皮和兽皮，这种临时的帐篷，并不能防寒挡雨，但日子还不是过去了。

在深山里狩猎，到处都是冰雪，天气非常寒冷，但王阿贵那时是快乐的，四周是一片银白色的世界，树上山上都是雪，他从头到脚都裹着兽皮，皮毛又软又暖和，他可以在雪地里打滚，一直从山坡上滚到山坡下，又可以拾起雪团把树上的积雪打下来。来牛的童年生活就和他完全不一样了，他现在是一名“雇工子”，怎能带了孩子到田上去玩，如果自己有一点地，他才可以让来牛在田里踩泥、拔草、捉虫、赶鸟，当他长大，很快就可以成为一个小庄稼汉。

森林里的生活是那么地自由愉快，他以为他会一直在森林里生活，永远也不会离开，父亲曾经称他为：我勇敢的小猎人。父亲一直以为他会像他，长大了成为出色的猎人，和动物一起过一生。但现在，他却变成农夫。他为什么要离开森林，他可以回去吗？他不能够回去，既然离开了，就不应该再回去了，而且，也不可以回去。对于离开森林，他并不后悔，虽然他不再和父亲在一起，但他有翠花，还有来牛。或者，他也并不很适合做一名猎民，他的个性比较适合做农夫。譬如那一次，父亲射杀了一匹鹿，鹿流了很多血，不断地挣扎，睁着绝望的眼睛，他就不忍了。他对父亲说：不要杀鹿吧。父亲没有说话，沉默了很久。或者，在父亲的心目中，他并不能成为一个出色的猎者，父亲口中的“勇敢的小猎人”不过是一个胆怯的家伙。那次之后，父亲果然有很多次没有把鹿射杀，只把鹿诱捕，割去了角，将泥土混拌草叶压扎在鹿角上，然后把鹿放走。父亲说：我如今不是猎人，变成牧人了。

如果现在王阿贵仍在森林里生活，他还会杀鹿吗？还是把鹿诱捕，割下鹿的角，放它走？或者，最好的方法还是把鹿留下，让它驮东西，让它拉雪橇，成为乘骑，而这样子，他还是一名猎人吗？也许，他还是种田的好。是的，他还是种田的好，只是，他想种田，已经没有田了。这样子每天清早跑到市集的土地庙外站着，能站一辈子吗？天气一天比一天凉，看来，他也不能够再在市集上站下去，他还要继续到处流徙，像一头被猎人追捕得无处逃匿的野兽。

“白麻痴痴的干什么呀，又想起家里的女人和小孩了吧？有什么好想呢，愈想心里愈暮乱。”李五说。李五是陕西人，一口关中的乡音。

“不要让人家看见你这软浓摆呆的模样，有哪个有田有地的人会找个蔫不拉沓的人去干活。”李五说。

于是，王阿贵挺直了身子，站得像树干一般。不久，果然有个穿戴得扬扬豁豁的田主来了。

“叫什么名字？”

“小的叫王阿贵，大爷。”

“哪里人氏？”

“直隶大名府长垣县人，大爷。”

这个叫什么名姓，是哪里人氏，是每次都要说的，自从官府里推行保甲制度以来，王阿贵无论在什么地方，找什么活干，都要先报一遍姓名和籍贯，其实也没有什么大用场，大家都是这么问，干活的人也都这么答，然后，就去做活了。今天，来找王阿贵的田主大概工作忙，所以要找五个人去做工，他找了王阿贵，也找了李五，还有两个生面人，最后，问一个看上去绝不身小力单的大汉，那人一开口也没说自己的名姓和籍贯，就问今日的工价是多少。田主说：照时价每日工资十五文钱。那人道："人家都二十文钱，怎么只给十五文钱，像你这样的人，哪个王八羔子给你做工。"但王阿贵和李五以及另外的两个人，又加添了一个人还是去做工了。他们都不晓得为什么那个人居然可以这么威武，看在眼里真是又是羡慕又是害怕。当他们几个人荷着锄头跟着田主走的时候，王阿贵觉得自己真是没志气，他不禁垂下头来，耳边还听得那个人在喊：俺就是这个脾性，叫俺做事，巳牌时刻，还不给饭吃，俺就不干；叫俺打热水洗脚，俺又不是奴才，俺也不干；工钱短小欺侮俺，俺一定不干。俺宁愿饿死，十八年后俺又是一条好汉。

"叫什么名姓？"

"小的叫王阿贵，大爷。"

"哪里人氏？"

"直隶大名府长垣县人，大爷。"

王阿贵口中的大爷，是京师西山门头沟矿区地方一座叫作沙果树窑的煤窑掌柜，这位掌柜也就是沙果树窑的窑主，他开的窑，是一座民窑。官府办的窑，叫官窑，不是官府办的窑，是民窑。在京师西山门头沟的地方，官窑有一座，民窑可有一百多座，官府里有过公文下来，任何人不可以私开煤窑，若要开窑，一定要向官府申请司照，采了煤后，要向官府报明、领帖和输税。公文虽然这么说，窑主们可不作理，自顾自设窑开采，也不申请司照，也不报明、领帖和输税。所以，常常有官府里的人来查察巡视，把违法的窑主拉去斩头。不过，斩头还斩头，民窑依然一个一个给设了起来。

没有田地种的人、流亡的人、过了农忙季节的人、找不到活干的人，都到煤窑里来做工了，开窑的日子照例是每年的八月初一，到下一年的五月初一歇工。到了天热，因为太热，窑里又没有好的通风设备，就只好歇下来，人们依然回到田上去，没有田的人，依然去替人做短工，做伴工，或者荷着一把锄头站在市集的广场上。

王阿贵终于也到煤窑来工作了。在这里生活，根本不需要有特别的本领，挖煤的工人由小作头教几下挖煤的简单技术就可以下窑开采；至于拉煤的，什么方法也不用学，只要有气力就行。做挖煤的，按照每日挖煤五百斤计算，每日可得工资三十文；拉煤的，每天拉煤可得工资十文或者十五文，就看能拉多少筐煤，每筐煤重三百斤。王阿贵想每天赚三十文钱，所以他决定做挖煤的。

沙果树窑的老窑主叫窑场上的作头带王阿贵到大司房里去领取采煤工具，大司房里摆满了上百以计的锤、锆、铙、钯、焊以及绳套、筐子等等。作头叫王阿贵拿了锤、铙和套筐绳子，也没告诉他该怎样采煤，只叫他到了矿场瞧瞧别人照做，就让他自己跟着拉煤的人下窑去。王阿贵只见窑里窑外都是人，这座沙果树窑日夜两班轮流不停都有人采煤，每班有挖煤二十多人，拉煤的一百多人，窑下有作头和领班看管各人工作，还有一些杂工，做其他的事。

“听人家说，煤矿是在泥土下面五丈左右，很深的哩。”翠花说。

“采煤可不是种田，种田是站在田里，站在泥土上面，采煤就要站在泥土下面，因为煤是在地下里边。”

“听人家说，常常有巡按大人来私访，谁要是采煤开矿，要拉去斩头的呀。”翠花说。

“每次拉去的都是开窑的窑主，挖煤的、拉煤的，都没有给拉到官府里去。”

“听人家说，煤窑下边很热，热得透不过气来，上来后就不会动了。”翠花说。

“窑下边是热一点，所以，天热的时候窑场都要歇工；天气冷的时候，窑里反而暖和哩。”

“听人家说，窑下面有一种怪气，吸了那种气，上来后也不会动了。”翠花说。

“窑上有一些大竹筒，竹筒的中间是空的，竹筒的一边削尖了，由窑井外伸进煤层里边，可以把怪气引到井外去。”

“听人家说，挖煤要爬进深洞里去，好像给一个罩子罩在里边。”翠花说。

“那是煤窑下面的巷道，顶上有木板、柱子和横木架住的，不会给陷在里边的。”

窑里边又黑又闷又热，仿佛一点空气也没有，王阿贵满身都是汗，他在幽暗中摸索，举起锤朝前面的石壁使劲凿下去，只感觉一片尘土飞扬，空气愈来愈混浊了。他可以感到背后和四周有一些人在蠕动，凿壁的声音此起彼落，他感到非常口渴，好像一条离开了河的鱼。但如果不是这样，怎能得到那三十文钱呢？

现在已经没有人找人到田里去做活了。王阿贵一面想，双手又举起锤来，如果停了手不动，作头就会叫另外一个人来替他。

只有蹲在窑洞外面的路边捧着一个饭碗时才是王阿贵一天中最松懈的时刻，在这个时候，他可以填饱饥饿的肚子，喝好几碗水解渴，还可以吸进他所需要的比较清新的空气。他从来没有像现在这般喜欢呼吸空气过。他以前常常担忧的不外是食粮，仿佛他整个人什么都没有，只有一副饥肠。有时候，他也觉得自己有肩，有背，有腰，有腿，当他的肩背腰腿发痛的时候，他就感觉到它们，觉得它们很重，像石头。自从到煤窑上来工作之后，他觉得自己原来有一个鼻子和一个常常干涸的嘴巴，他不断地想喝水，不断地想做深呼吸。所以，虽然他可以在窑上设的饭堂里吃饭，他宁愿捧了饭碗蹲到门口来。并不是只有他一个人才特别需要更多的空气吧，和他一起在窑下的人有一半也都蹲在路边，默默地吃饭，每个人都全身一片黑，从头到脚，只有两只眼睛露出一点白珠，难怪无论走到什么地方，别人总称呼他们作“煤黑子”。即使晚上干完了活洗过了手脸，他们还是整个人灰麻麻一片青，走在路上，只见一个黑影晃晃荡荡，好像鬼魅。

晚上，王阿贵住在窑上的宿舍里，在窑上干活的人都住在一起，窑场离王阿贵的家很远，他根本不能够每天回去。而且有时候，他做的是夜班，甚至是日夜班连续不停，他的脑中只数着：三十文，三十文，然后，掠过一个翠花抱着来牛的影子。他只有半个月或一个月才抽空回家一次，匆匆赶回去，放下钱，说两句话，喝一碗茶，又匆匆赶回来。他能对翠花说些什么？他只说，一切还好，身体健康，虽然辛苦，总算找到了活计。他只说，要翠花自己保重，小心门户，好好照顾来牛。来牛看见他很害怕，因为他是那么的黑，黑得像人家贴在门板上的门神。蹲在路边吃饭的时候，他可以看见有的人仍在工作，写账的人在计算各项收支，掌柜的在办理批发及零售煤炭的过秤和收钱；有些人自己来买煤，拉着骆驼把煤运走了。来来往往的人在王阿贵面前经过，扬起一片尘土，混在饭里，王阿贵只移拨筷子，把饭都扒进嘴去。在窑场上，连骆驼和饭都是黑色的。有的人却是为了窑场的一片黑才到这里来的，譬如说有几个永远也不离开的人，耳朵上刻着六个孔，脸上刺着"逃人"的字样。他们都是田庄上的奴仆，凡是奴仆，耳朵上都刺着小孔，凡是逃走的奴仆，被抓回去以后，就在脸上刺上"逃人"两个字。这些人从来不洗脸，连睡觉的时候也是带着一脸的煤屑。在窑场上，他们和大伙儿一般黑，只有老"煤黑子"才知道他们是"逃人"。事实上也没有人介意，脸上有没有字，他们的命运并没有多大的分别，谁不是逃人呢，逃税、逃丁役，一直逃下去，永无止境。爹说，是为了逃难，所以才到了那么远的地方去行猎。王阿贵的父亲如今一定很老了，他不知道他的近况；有时候，晚上躺在床上，他忽然会想起他，他还能打猎吗？仍和那些猎民在一起吗？他觉得他实在不应该离开他，把他一个人留在冰天雪地的地方。但不久，王阿贵不再想父亲了，直到后来，他甚至也不大想翠花和来牛。并不是他不去想，而是他的脑仿佛封闭了，好像有一个盖子，把一切盖住。他只觉得疲倦，闭上眼睛后一切都迷糊起来。放下饭碗，继续进窑场底下去挖煤才是他全部的生活。

这里真黑，黑得像地狱，世界上原来有这么黑的地方。小时候跟父亲去打猎，原始的大森林和一望无际的群山是多么白，白得比棉花还要白，比最白的白米还要白，大雪覆盖着山野，猎民都戴上用马尾织成的马尾眼镜，就不怕光线把眼睛刺了。猎民还穿上用桦木做的滑雪板，板的前面是尖的，微微向上翘，底下铺着鹿皮，滑雪板的中间有一个皮圈，可以把脚扣住。脚上缚好了滑雪板，两只手一边撑一根竿，用力一撑，就可以滑得很远，人像飞鸟一样，到处都是白的，真白，真白，真白……

有时候，雪会从山上坠下来，一大片的雪，好像整座山都倒下来，许多的雪飞满天空，发出响亮的声音，轰隆轰隆，惊天动地。王阿贵见过雪倒下来的样子，他站得很远，他看见前面的山上的雪歪了斜了，变成一大堆盐，都掉在下面的峡谷里，好像一场白的雨，但声音比下雨响，好像打雷。王阿贵并不害怕，他觉得雪倒下来的时候非常好看。雪很好看，因为雪是白的。他常常把雪握在手里，雪是凉的、冰冷的，拿在手上手上冷，吃在嘴巴里嘴巴冷。雪在手里或者在嘴巴里都会变作水，变了水的雪就不见了，雪是很奇怪的。王阿贵舔着舌头：雪在嘴里也是很凉。他忽然听见轰隆轰隆的声音，一定是雪从山顶上倒下来了：雪倒的时候非常好看，因为雪是白的，白的雪又冷又冰，他现在正觉得热，雪掉下来是那么凉爽。是雪掉下来了吧，到处都是一片白，他看见四周的一切都倒下来，真白，真白。不，不是雪，四周都是黑的，不是雪山倒下来，是煤窑倒下来了。

* 行营 *

阿依吉伦今天已经走到门口去看过好几次了，门外静悄悄的，一个人也没有，连平日在门外嬉耍的小孩也一个不见，小孩都叫家里的人留在屋内，不准到街上来，因为也许是今天，皇帝会打从这条街上经过。阿依吉伦并不清楚到底皇帝是今天还是明天会在门外经过，她数了数指头，大概是今天吧。不过，她又不能肯定，看情形，不像是明天，因为从今天早上起，门外常常可以听见马匹奔跑的声音，那些马匹，一定是一些官员先到路上来清道的，那么为什么清了整整一个早上，还没见皇帝来呢？

阿依吉伦要说的，其实不是为什么皇帝还没有来，而是为什么阿木泰还没有来，她要站到门口去看的也不是皇帝，而是阿木泰。早两个月，旗里的佐领选了阿木泰上京师，叫他跟皇帝的打猎队去打猎，两个月已经过去，既然皇帝去打猎要先到热河来，那么，阿木泰也会跟着大伙儿一起到热河来。这一阵，热河也真够忙了。

住在热河这个地方的人，都叫热河作热河，因为这里有一条河，名字叫热河。还有一条河，名字叫武烈河，有人说，武烈河也是热河，把阿依吉伦也弄糊涂了，她可是什么也不管，只跟别人叫。譬如说，打从雍正皇帝那时候，皇帝给热河起了一个新名儿，叫作承德，不过，住在热河的人仍把热河叫作热河，只有官府里的人才叫这里作承德府。说起名字，皇帝到热河来住的皇城，名字还要多，以前，康熙皇帝到热河来，住的地方叫“热河下营”，过了几年，“热河下营”变了“热河上营”，又过了几年，上下营的名字都不用，只叫作“热河行宫”，到了最后，才正式改了一个大名，叫“避暑山庄”。住在热河的人也不懂得那么多名称，大伙儿只叫它皇城。皇城旁边是任何人都不能去的。不但皇城那边不能去，连皇城附近的许多地方也是不能随便去的，因为，在皇城附近，都是一些大官住的王府，还有什么衙门在那边，都是不能去的。因为皇城那边不能去，衙门、兵营、监牢那边也不能去，在热河，剩下来的地方就不多了，所有的人都挤在火神庙街这地方，这个地方也最热闹，做买卖的人很多。本来，住在热河的人多半是种田人，哪里有人有钱去买东西呢，可是，热河这地方，官府的人多，官府里的人都是有钱人，有钱人都到火神庙的买卖街上来买东西，做生意的人就多了。

阿依吉伦是种田人，热河有很多种田人，都是替人家种田的人，不过，在热河，最多的还是修桥筑路和造花园的人。一年里边起码有半年，整个热河不是这里就是那里，都是一片造房子、钉木、打土的声音，这边是皇城里要造一间庙，那边是有一个大官要把王府扩大。这些工作，阿依吉伦是看不见，但她可以听见，整个热河的居民都长年累月地听见。至于又听得见，又看得见的，就是一大群的工人在旱河边修桥补路。

热河真是一个充满了河的地方，除了武烈河、热河，又有一条旱河，这条河可怪了，整条河斜斜地就在最热闹的买卖街横过，别的地方都不流过，偏偏要在二仙居和主要的南营子大街相接的地方流，而这条河又不是一条好脾气的河。旱河常常是干干的，没有什么水，可是，一到下过大雨，山上的水冲下来，旱河就很快满起来，满到泛滥，把二仙居和南营子大街都浸在水里，把火神庙的买卖街上的店铺子都淹没。

本来，把店淹没就淹没，倒楣的还不是开店铺的人？可是，旱河把热河的主要大街淹没了，那才是一件大事情，因为这条大街，就是通往皇城的大街，把街给水淹了，皇帝、大官、传旨的人可都怎么过呢？所以，住在热河的人，每年总有一百多天要看见有人在修桥筑路。所以，阿依吉伦说，这一阵，热河也真够忙的了。现在，一切都忙完了，火神庙那边的桥和路都修理得整整齐齐，一点儿破烂的样子也没有，不过，修好了又怎么样，只要山水一发，洪水还不是照样冲下来把一切淹掉？连皇帝过路也得讲运气。如果皇帝不是要到热河来，大概没有人会把火神庙那边的路修好的吧。那么，皇帝常常来，也是一件好事情，不但连阿依吉伦屋子外面的大街干干净净，连做买卖的好像也又可以发点财的样子。

没有了修桥补路的声音，四周是多么静呀，这么静，皇帝大概就要来了，那也就等于阿木泰就要来了。阿木泰跟皇帝去打猎，这已经是第二次了。上一次是前年，阿木泰也是早两个月就上了京师，回来的时候，还讲了许多关于打猎的事情给阿依吉伦听。他还说：娘亲，我看见你，你站在门后面，你看见我吗？阿依吉伦当然看见自己的儿子，她看见阿木泰在人群中经过门口，因为那么多的人，只有阿木泰的眼睛朝她这边看过来。那一次，阿木泰回来后也问：娘亲，你看见皇帝吗？阿依吉伦说：没有，我只看见你。

阿木泰说，在京师出发那天，要由一个叫什么钦天监的官选好一个黄道吉日，连时辰也要选好，才正式出发。出发的早一日，皇帝会叫一个官到一个叫奉先殿的地方去祭祖先。到了出发的日子，皇帝穿上戎装，骑着神气的大马，走出紫禁城，前前后后跟着许多大官。那些没有跟皇帝到热河的官都要跪在地上叩头送行，每一个官都穿上各种各样的官服，非常好看。阿木泰说，打猎队出了紫禁城，全由东北方向走，在古北口出长城，要走五六天才到热河。第一天，是到两间房，不是两间房间，是那个地方的名字叫两间房。第二天到鞍子岭，第三天到化鱼沟，第四天到喀喇河屯，第五天才到热河的皇宫。如果要去打猎，还得北上，经过兰旗营、波罗河屯和唐三营，过了唐三营，才是木兰围场。这些地方都有皇帝的行宫，皇帝每到一处，就住在行宫过一宿。

阿依吉伦不知道皇帝是在哪一天由紫禁城动身的，如果已经启程了四天，那么，今天，皇帝一定会到热河了，或者，皇帝已经到了热河，不然的话，为什么会有这么多的马匹在门前跑来跑去？阿依吉伦听见一片马蹄声，一定是皇帝来了，她急急地从屋内的一个角落走到门口，站在裂了一条缝的门背后看，她只能站在那里，她是一个妇人，女人是不可以走到外面去站在街上看皇帝的；而且，到了外面，所有的人都要跪下来叩头，她也不知道见到皇帝时应该怎样跪，怎样叩头；而且要一直记着叩头，就看不见阿木泰了。

阿依吉伦看见更多清道的马匹跑了过去又跑回来，打猎的队伍果然来了，远远有许多的人，马蹄的声音渐渐浓密，灰尘也一团一团地冒起来。有几匹马过去了，每匹马上都骑着一个穿官服的人，每个人的衣服都差不多，上身都是对襟镶毛的马甲，领口、袖口、襟前、下衩都反出毛边，官员的头上都戴了帽子，帽上插着翎羽。衣服虽然都是差不多，颜色可不一样，有的是湖蓝色，有的是藏青色，有的是青莲色，有的是紫靛色。有一些人骑着马，还拖着一匹空马，马的背上不知道驮了些什么，上面盖了一幅彩色的织锦，使那匹空马变得好像一匹骆驼。骑马的人都穿厚底靴，黑色的靴，露出一层白色的底，马的背上都装上各种颜色的彩鞍。所有这些三三两两的马、一匹一匹的马、拖着一匹空马的马，都是的达的达地缓步走过，马都没有奔跑，只悠闲地走着，马头一点一点，马尾巴轻轻地摇摇摆摆。许多的马过去了，队伍好长呀，现在走过来的一队马非常整齐，是很长的一队马队，排成两行，一左一右，一匹马跟着一匹，马上的官员也神气得多，每个人都挺直了胸膛，十分威武。和前面的那些官员不同，这一队马队的官员，不但衣服光鲜，还都佩带着弓箭，他们的左腰那边束着一把长弯刀，又挂着一把弓，身体的右边背着箭囊，露出一把翎毛。这一群人，一定是皇帝的侍卫了。

阿依吉伦看见皇帝了，皇帝骑着一匹一半黑一半白的花马，马鞍的刺绣又多又鲜亮，跟着皇帝的是一匹贴得很近的马，座上的一名官员手握一顶圆的大罗伞，罗伞是黄色的，垂下来的丝穗子在风里飘，除了皇帝，谁的头顶上会有把罗伞呢。皇帝的马匹背后跟着一群人，大概有二三十匹马，最前头的几个人，不知道是不是皇子，原来皇帝有这么多的儿子呀。阿木泰说，每次去打猎，皇帝总会带了皇子去，一方面是带他们一同去打猎，一方面是要看看哪一位皇子最勇敢，皇帝看了记在心中，将来就能做太子。跟在皇帝四周的这些骑马的人的衣服又不同了，因为他们身上的马褂都是黄色的，远远看去，也看不清楚上面有没有绣上龙。阿木泰说，有一次，听说皇帝赐了一匹绣上龙的织锦给一个大官，上面的龙是绣的五爪龙。大官把织锦带回去，因为是条五爪龙，不敢做衣服穿，后来把其中的一条龙爪用针挑去，变了四爪龙，才敢穿出来，只有皇帝才能穿五爪的龙袍哪。皇帝的袍子上大概绣上了五爪龙吧。不过，今天，皇帝没有穿上黄色的袍褂，龙袍是灰灰蓝蓝的，褂子是藏青色的，头上戴了一顶没有拖翎的帽子，顶上倒也是红色。皇帝骑马经过的时候，对面远处地方站在街边的人都跪了下去叩头，街上还摆着香案，案上摆着烛台，蜡烛都点了起来。有些人跪在地上，头上顶着一个盘，盘里有的盛米，有的盛粮食，皇帝还没有来时，他们已经站在那里等，到前面的马队经过时，他们都跪下来，现在，他们在那里不停地叩头。

跟在皇帝背后的那几十个人，有一半并没有穿上黄马褂，身上也没有弓和箭，但他们的手中都抱着一些东西，有一把大概是剑吧，有一个缎子的套套着，虽然套着，但可以看出来是一把剑。有的人抱着一把很长的东西，不知道是不是虎叉，还有一些别的阿依吉伦不知道的东西。这些人一定是皇帝的亲兵，替皇帝携带皇帝自己的猎具。阿木泰说，皇帝出外无论到什么地方，总是跟着一大群人的，有的拿大罗伞，有的拿马扎，有的捧点心盒子和茶水，有的挑药担子，通常都是一大群的太监。阿依吉伦不知道哪一些人是太监，那个替皇帝撑着大罗伞的人是太监吗？看来并不像，因为他也穿马甲，戴红顶翎帽，好像是个很大的官哩。那么，那些捧点心盒子和挑药担子的太监呢？阿依吉伦就看不出来了。皇帝乘的马匹过去后，远一点过来的是一队仿佛一座墙似的马队，原来是大约二十四马，马上骑着侍卫，一字儿排开，仿佛皇帝背后的一座大屏风。这座大屏风背后可热闹了，原来是一大群人，足足有上百人吧，也没有整齐的队伍，也不是大家都一般模样，只见这个人手臂上挂着一个包袱，那个人腰间挂着一把刀。夹杂在这些人中间有许多驮着东西的马，都有绣着龙的布裹着，最特别的是，在这些人中间，有一顶由马拉着的有车轮的轿子。

阿木泰说，从来没有女人参加打猎队，如果皇帝去打猎，要带的也是皇子和其他的王公大臣，从来不带皇后和妃嫔，皇太后也不去。不过，到热河的避暑山庄就不同了，有时候，皇太后和妃嫔也会一起到山庄去避暑，皇帝要在山庄住好一阵才真的去打猎，打猎回来，也是先回到避暑山庄休息，然后才回京师。轿子里有没有人呢？也许里边是皇太后吧，又也许轿子是空的。阿木泰说，皇帝出外远行，轿子总是跟着的，如果皇帝喜欢坐轿子就坐轿子，喜欢走路就走路，喜欢骑马就骑马。

原来这堆人中的轿子后面又有一顶轿子让马拉来了，也许，这一顶轿子里面的才是皇太后或者是皇后吧，不过，里边有没有坐人，阿依吉伦也不晓得。阿木泰说，皇帝坐的轿子也有几种，按季节分，天气热时乘凉轿，天气冷了乘暖轿，这两顶轿子，是不是一顶凉一顶暖，还是两顶都不是？车轮辘辘，轿子都过去了。又有一大群的官员骑着马来了，也不知道一共有多少官员，六个一排的也有，八个一排的也有，前前后后，去了又来，这些人也都是穿着官服，佩着刀，有的伸手指指点点，有的和邻座的马上人倾谈，仿佛一路上游山玩水，兴致很高。马蹄声很杂，街上一片灰尘，这么多的人，还要走多久呀。阿木泰说，一同去打猎的大概有一万多人。阿木泰说，打猎队里有许多很特别的人，譬如说，有西洋人，有的会画画，有的会画什么地面图，有的会做神威无敌大将军大炮。除了西洋人，又有什么上驷院的蒙古医师，会替人接骨。这些人，阿依吉伦一个也没有看见。阿木泰说，西洋人的眼睛是绿色的，阿依吉伦也没有看见绿眼睛。

马匹疏落下来，有的三三两两，有的一匹一匹，有的是一匹马拖着一匹驮着东西的马。阿依吉伦也看见有一些没有骑马的人，打猎队伍过去了这么久，她才看见有人走路，那些人都跟在一些马匹后面，挑着一前一后的两个担箩。过了一会，又有很多这样的人跟在马匹后面。阿木泰说，许多八旗兵官家里都有几个奴仆，没有仗打的时候，让他们下地种田，在庄上干活，如果要去打仗，就带几个一起去喂马煮饭做杂役。这些人一定是跟着主人出来打猎的，挑着各种东西，专门替主人做饭洗马。

走路的人原来很多，马匹渐渐少，走路的人就渐渐多了。他们有的挑担子，有的推独轮车，车上都堆满了东西。阿依吉伦还看见骆驼，骆驼也驮着很多东西。阿木泰说，骆驼背上的都是些帐幕，打猎的时候，要在空地上搭很多帐幕。独轮车愈来愈多，骆驼也愈来愈多了，整个打猎的队伍本来很是威武，又严肃又神气，现在可变得慢吞吞，乱糟糟的了。不过，队伍仍没有断，只是拖拖拉拉的好像拖着一条很长很吵闹的尾巴。

阿依吉伦看见阿木泰了，他没有走路，骑着一匹马，他穿着他常常穿的那套旗兵服装，坐在马上，手里握着一根鹿哨，这根鹿哨，还是阿依吉伦的哪。阿木泰自己乘着一匹马，还牵着一匹，那匹马上没有人骑，只放着两顶鹿头帽子，也是阿依吉伦做的。阿依吉伦从小就会缝鹿头帽子，她从小就会做鹿哨角管，她本来就是在驯鹿纵横的森林区长大的呀。

“娘亲，你拿在手里做的是一件什么东西呀？”阿木泰问。阿依吉伦手里握着一管长的木，一面用小刀仔细地削，这根木管很长，比阿木泰的一只手臂还要长，它像一只弯的牛角，一端很细，另一端比较粗。

“是‘乌力安’。”阿依吉伦说。她已经把“乌力安”做好了，她不知道她为什么要做一个“乌力安”，仿佛在她的心里一直有一个声音在响：做一个“乌力安”给阿木泰吧，做一个“乌力安”给阿木泰吧。于是她就做了，虽然阿木泰还年纪这么小，站在地上，只有一匹马的马肚子那么高，伸直了手，也拉不着马耳朵。

“什么是‘乌力安’？”

“是一种会响出声音来的管子，你听。”阿依吉伦把管放在嘴边，不久，“乌力安”果然发出了声音，声音很响，很尖锐，那声音响着：呦呦，呦呦。

“咦，是一个大哨子啊。”

“阿木泰，你说这个声音像什么动物？”

“是不是像马？不是不是，不是马。”

“不是马。”

“是不是牛？也不像牛。”

“你猜不着的，因为你没有见过那种动物。”

“一定是老虎了。”

“不是老虎，是鹿。”

“让我吹吹，娘亲。”阿木泰拿着“乌力安”，把尖的一端放在嘴巴里，使劲地吹，一点声音也吹不出来，只吹出一片口水花。

“不是这样吹的，阿木泰，是要把气吸进嘴里去，像用力喝水，是这样子。”阿依吉伦做给阿木泰看，于是，他学他母亲那样，吸起来，“乌力安”发出了呦呦、呦呦的声音。

“吹响了，吹响了。”阿木泰两只手抱着“乌力安”，一面学木管的声音说：呦呦，呦呦。

“还没有做好，要再磨磨才好吹，不然就会刺手了。”

“娘亲，鹿很大吗？”

“大的。”

“比阿木泰大吗？”

“比阿木泰大。”

“比马大吗？”

“身体没有马那么大，不过，头上有很长的角。”

“牛那样的角吗？”

“不，比牛的角还要大，像树丫杈那样。”

“娘亲，带我去看鹿好不好？”

“带你去看鹿？那要等你长大，等你长得这么大了，我就带你去看，到森林里边去，那里有很多的鹿。我们等秋天才去看，冬天的鹿太瘦，夏天又太胖了，春天的鹿跑得很快，秋天就可以了。”

“为什么秋天就可以呀？”

“秋天的时候，许多的鹿要找寻朋友，只要听见什么地方有鹿叫着呦呦，呦呦，就会跑来找。我们可以拿着‘乌力安’躲在树林里吹，鹿听见了，自己会跑来让我们看得清楚一点。”

“我想去看看鹿。”

“你手里拿着的‘乌力安’，他们汉人叫作‘鹿哨’。拿着它到树林里去假扮鹿，把别的鹿引来，我们叫作‘木兰’，他们汉人叫作‘哨鹿’。阿木泰快些长大，长大了，我们就一起到森林里去看鹿去。”

“娘亲，看鹿要戴这么奇怪的一顶帽子吗？”阿依吉伦让阿木泰穿上一件皮袄，然后，戴上一顶很奇怪的帽子，那帽子也是皮做的，不过帽子的顶上做成一个动物的样子，有一个鼻子，鼻子上边有两只眼睛，动物的头上有两枝很长的树丫杈般的东西，因此这帽子很重，而且，戴上了帽子后，阿木泰觉得自己好像一棵树。

“如果不戴这样的帽子，就不像一头鹿了。”

“鹿是这样子的吗？”阿木泰看不见自己的样子，不过，他刚才看见帽子的样子。娘亲并没有戴鹿头帽子，她只戴一顶普通的帽子，把遮着耳朵的两边帽檐反了上去，结在头顶上，如果天气很冷，她就会把帽边放下来盖着耳朵，在下巴打一个结。这种帽子，阿木泰在天冷时也戴，毛都是很暖的，帽子又轻，比头上的鹿头帽子轻许多。娘亲手里还握着一些奇怪的东西，背上也背着一支一支有羽毛的长竹，今天，娘亲的打扮真特别。

“娘亲，你手里拿着的是什么？”

“是弓和箭，这个弯弯的木头架子是弓背，可以用落叶松和榆木做，两种木料的弹力都很大。这根直直的线是弓弦，可以用鹿筋或狍筋做。将来你长大了，娘亲一定教你做最好的弓箭。这些一支一支有羽毛的木条是箭，木条的一边要削尖，装上铁头矢镞，另一边是箭尾，夹上天鹅或大雁的羽毛。”

“为什么要带弓和箭？”

“弓和箭是用来射杀野兽的。”

“也射鹿吗？”

“今天不射鹿。不过，树林里有别的凶动物，所以带了弓和箭来，不让它们咬阿木泰。”

“阿木泰不怕凶动物。”

“阿木泰把这块铁插在腰里。”

“这是什么？”

“是猎刀。”

“把猎刀插在腰里做什么？”

“如果有凶动物咬阿木泰，阿木泰就拔出刀来刺它。阿木泰怕不怕凶动物？”

“阿木泰不怕凶动物。”

“阿木泰吹‘乌力安’吧。”阿依吉伦和阿木泰一起躲在山石的背后，躲在掩闭的树叶林木之间。阿木泰握着“乌力安”，用力猛吸，哨管发出了呦呦的声音，阿木泰觉得那声音去得很远很远。

“鹿会来吗？”

“大概会来，我看见附近有鹿的脚印。”

“我们追上去吧。”

“哪里追得到，骑上最快的马，还得饭也不吃，觉也不睡，追六七天才或者追得上。我们在这里等，看看有没有别的鹿来。”

“鹿跑得这么快呀！”

“不但跑得快，耳朵、鼻子、眼睛还非常灵敏，性格又多疑，连风吹树叶也会把它吓跑。”

“那么，我一定见不到鹿了。”

“这里附近有盐，鹿有时候要吃盐，它们或者会在附近停下来舔盐。”阿依吉伦四面张望，手里握着弓和箭，她的腰际也插着猎刀。阿木泰又吹响了手里的“乌力安”，他现在已经长得很高了，差不多比娘亲还要高，他甚至不必举高手臂才能摸到一匹马的耳朵，他可以站在马的旁边，轻轻地拍拍马的头。

前面有一棵树在移动，一阵风似的，忽然有一只巨大的黄黑色动物站在离阿木泰前面不远的地方，那是一只有点像牛，有点像马，有点像驴的动物，嘴巴灰灰白白，耳朵很小。不过，头上的角可大了，角一直从两只眼睛的中间、嘴巴上面长出来，像一朵散开来的花，然后是两根大树丫杈的角伸向天空，角的尖尖上像手指那样散开，每只角上有七八只手指。贴在耳朵旁边，短一点的角，也散着一堆手指，两只眼睛中间也有几个手指，鹿的下巴还长着灰白胡子。

“哎呀，是一只大鹿呀！”

鹿风一般地飞跑了。树林的远处有一棵移动的树，忽然不见。一切仿佛做梦一般，阿木泰呆了。

白依尔氏族的一个“乌力安”族人在山麓下面的河边已经

居住了好一段日子，暂时，他们还不会离开，从远远的山上看下去，只见他们在草原上一字儿排开一共搭下了十多个“仙人柱”，然后是一个范围颇广的牧圈，里边饲养了一批驯鹿，另一边的地方，则圈养着马匹。阿依吉伦的家，是十多个“仙人柱”中的第二座，那是一个用三十多根木杆搭成的、像张开了一半的雨伞的架子，夏天的时候，架上用桦树皮围着，冬天的时候，架上围着狍皮。这样的帐篷，就是阿依吉伦家的屋子，她从小就在帐篷屋里出生、长大；绣花、做弓箭、做衣服，也都在帐篷屋里，所不同的是，帐篷屋的模样是不变的，变的是他们居住的地方。白依尔氏族是鄂伦春人的一个氏族，他们都是游牧民族，主要的生活内容是打猎和捕鱼。哪里有野兽，他们就搬到哪里去，他们的家是跟着野兽的足迹移动的。当他们要搬家，只要把盖在桦木架上的树皮或者兽皮卷起来，驮在驯鹿背上，就可以走了，“仙人柱”的架子仍留在原来的地方，将来也许他们会回来。如果不回来，就让别的猎人居住。沿着黑龙江，到处都有雨伞的架子。

今天，阿依吉伦一早就起来了，爹叫她在帐篷门口挂上他家最美丽的门帘，那是一幅在兽皮上绣上金线和银线花纹的门帘，平日是不挂起来的。但今天是一个大日子，一切都要布置得特别漂亮。阿依吉伦的爹也换了镶边的皮袍，虽然镶边上的花纹绣得比较简单。阿依吉伦自己的皮袍上不仅镶上细致的皮边，并且在脖颈、大襟、开衩处还绣有精美的花纹，衣上的钮扣，也是用各种颜色的丝线编织成的。阿依吉伦的发式也和平日不一样，平日，她只把头发编成两条辫子，垂在颈后。但今天，她要把辫子缠在头顶，还要修好鬓角，修正眼眉，凡是有男子前来认亲的姑娘，都要作这般的打扮。在白依尔氏族里，一个十五六岁的姑娘，就有别的氏族男子来说亲了。有一个男子在父母和一个媒人的陪同下到女家来求婚，阿依吉伦的爹依照族人的习惯，起初总要推三推四，说姑娘年纪还小，又傻又笨，于是经过了三四次，阿依吉伦的爹说：让我去跟阿依吉伦说说。求婚的人一听，赶紧叩起头来，叩了头，婚事就算成了。那个来和阿依吉伦说亲的人叫拉布堪，是玛拉依尔氏族人。

今天，拉布堪要来认亲了，族里的姑娘都来帮阿依吉伦在“仙人柱”的左侧安排铺位。家里已经准备好了肉粥，阿依吉伦要和拉布堪两个人共用一个桦皮碗，共用一双骨筷子来吃粥，这样做，是表示夫妇俩将来要同甘共苦，相依相爱。阿依吉伦可是一点儿也不喜欢拉布堪，她心里边只有一个人，就住在他们氏族“仙人柱”最后的一个篷帐里，父子两个人，夏末才到白依尔氏族来，他们来参加“阿那格”。“阿那格”就是不同氏族的人联合在一起一同去打猎。他们没有说他们是哪一个氏族的人，做父亲的叫新吉泰，儿子叫额木克，他们说，他们从柯尔特依尔氏族那里来。的确有人在那儿见过他们，还和他们一起去过围猎，两个人的箭法都很出色。

秋天来了，整个“乌力楞”的人都忙着捕鱼，男男女女都用柳条编成篱笆，横挡在小河里，篱笆中间留一个小洞口，放上一个鱼篓子，鱼顺着河游下来就会游进篓里。额木克既然在这里留下来，当然也参加了捕鱼的活动，有时候，他也帮所有的人一起下河搭篱笆，但许多时候，他都是撑着桦皮船，用鱼叉去叉鱼。阿依吉伦喜欢看额木克叉鱼，看额木克站在桦皮船上手提鱼叉，静静地在波平浪静时察看鱼行的水纹，然后发力抛出鱼叉，水花也没溅，就叉中了一条大鱼。晚上，阿依吉伦也去看额木克叉鱼，额木克在河边点上火把把鱼群引来，用一种推钩鱼叉，又熟练又准确地叉鱼。族里的男人并不采野菜和野果，这些都是老年人、女人和小孩做的事，但额木克照样参加，只要空闲，他什么都做，他常常教阿依吉伦怎样看鱼行的水纹，后来又教她怎样做哨管哨鹿。阿依吉伦喜欢和额木克在一起，她喜欢额木克，不喜欢拉布堪。

拉布堪来认亲了，他穿着黑皮子镶边的黄色衣服，坎肩的背面和肩头上都刺上对称的云纹，帽子边上围着丝线编成的帽饰，帽子后边垂着一条飘带，阿依吉伦可是觉得他一点儿也不漂亮，一点儿也比不上额木克。阿依吉伦觉得额木克是一个很特别的人，他几乎和所有氏族中的成年男子不一样，他不常常说话，只不停地工作，说话的声音很低沉，但却是非常地温柔。起初，阿依吉伦觉得他不像猎人，但她看见过他射箭，箭法又准又狠；当他放下弓箭，仿佛又变了另外一个人。自从额木克在河上叉鱼，阿依吉伦就常常想起他了，真奇怪，连他的眼睛、鼻子都好像和别的人不一样。阿依吉伦偷偷地开始做一个烟荷包，特别在荷包上绣上一朵南绰罗花。绣上南绰罗花的荷包，只能送给未婚的丈夫。阿依吉伦没有把荷包送给拉布堪，她在树林里和额木克一起采桦树皮时悄悄地把荷包拿出来给额木克。

“这是个什么?”额木克的问话使阿依吉伦感到多么地惊异，她几乎不会作答了，没有一个成年男子不知道绣南绰罗花的荷包是什么意思的。

“是烟荷包。”阿依吉伦的声音是那么细，几乎连她自己也听不见了。但她却听见额木克笑起来。

“我不吸烟的呀，阿依吉伦。”

“不吸烟，也可以收下来的，我是特别为你做的。”

“好吧，那么我就收下来，谢谢你了，阿依吉伦。”

“你喜欢这个荷包吗，绣得还好吗?”

“绣得很好看，是一朵花。怎么绣了一朵绿色的花，为什么不绣红花呢?”

“你不知道这是什么花?”阿依吉伦完全不知道这是怎么一回事，她日思夜想的额木克原来连南绰罗花也不晓得，她看着额木克，发了呆。

“我是真的不知道，因为我不是鄂伦春人。”

“额木克，你不是鄂伦春人吗?”

“我是汉族人。”

阿依吉伦的爹是不会让她嫁给汉族人的；而且，拉布堪已经来说过亲，一切都不能改变。但是，阿依吉伦怎么办呢？她一点也不喜欢拉布堪，她不要和拉布堪一起喝肉粥，不要和他共用一个桦皮碗，不要和他共用一双骨筷子，不要和他一起住在一个“仙人柱”里。如果要同甘共苦，相依相爱，她要和额木克在一起。她什么人都不喜欢，只喜欢额木克。

拉布堪由他的母亲和媒人陪伴着一起来了，带来了许多猎获的东西，拿来送给阿依吉伦家。他一见到她爹，就向他叩头，并且向氏族里的每一位长辈叩头，“仙人柱”入口正面的席位上，坐满了长辈，都在接受拉布堪的叩头。阿依吉伦可以看见拉布堪带来的礼物中有驯鹿。平时，她最喜欢驯鹿；但今天，她却觉得这些驯鹿十分可怜，驯鹿本来是蹄瓣大、体轻，善于在森林沼泽中奔跑的动物，它们可以跑得很快，只要跑得快，就会把猎人抛在脑后。但是，跑得这么快的鹿，却被人捕捉了，带到这里来。阿依吉伦希望帐篷外的鹿，所有的鹿，忽然闯出牧圈，重新获得自由，一起奔到森林里去，永远也不再回来。她希望那些鹿跑得很快，没有人捉住它们，她希望它们跑得远，跑到一个完全没有猎人的地方。

“额木克，你们为什么到这里来？”

“因为我们的家乡打仗了。”

“你想家乡吗？”

“我不知道，我很小的时候就离开了家乡，我并不知道家乡是什么样子。”

“你会永远留在这里吗？”

“我也不知道，我是一个猎人，我必须跟着野兽走。”

“你会为我留在这里吗？”

“阿依吉伦，我不能留在这里的，拉布堪很快就会来，他来了以后，我们不能再见面。”

“额木克，带我离开这里，我们一起离开这里。”

“到哪里去呢？”

“随便到哪里去，到你的家乡去，去得愈远愈好。不能让他们把我们找到，如果被他们追回来，他们会把我们一起绞死。”

“你愿意跟我一起走？”

“无论什么地方，让我跟你永远在一起，同甘共苦。我会穿上你们汉族人的衣衫，学你们汉族人的话，做一个汉族人的妻子。”

“我是一个贫穷的猎人，我的家乡也是穷地方，你会挨苦，你会离开你的族人，到一个完全陌生的地方去生活，再也见不到你的爹爹。”

“我只要跟着你。你曾经说过，在你的家乡，你姓王。”

“是的，我姓王，我的名字叫阿贵。”

“阿贵，是熊的名字，还是鹿的名字？”

“不是动物的名字。我爹说，希望我将来运气好，过舒服的日子，不要挨穷，所以叫阿贵。”

“我多么希望也有一个你们汉族人的名字，额木克，你替我起一个名字吧。”

“你说，鄂伦春人最喜欢的一种花叫南绰罗花？”

“是的，每年七月，南绰罗花在山上开花，花的颜色都是绿色的。”

“阿依吉伦，我想到了一个名字，将来我们离开这里，一起回到我的家乡去，我变回我原来的王阿贵，你就叫作翠花好不好？”

阿依吉伦可以听到“仙人柱”外青年人围着篝火舞蹈的歌

声，几个姑娘一起唱着没有歌词的歌，她们不断唱着“那伊耶”的虚词，歌的旋律是阿依吉伦熟悉的，那是一首快乐活泼的歌，她们唱着：那呀那呀哎那呀，那呀那呀，那呀那呀，那呀哎那耶。阿依吉伦听见她们跳舞，一定是手牵手围成了一个土圈，踩叠着脚拍，朝一个方向一面蹬脚一面跳过去。

天黑下来了，人们围着篝火喝松子酒、跳舞，阿依吉伦从“仙人柱”的另一边帐篷底下悄悄地爬出来，所有的“仙人柱”背后都有一棵树，树上挂着桦树皮做的小盒子，盒里放着每个“仙人柱”的神。四周很静，这里从来没有人走动。阿依吉伦一直朝河边走去，一面弯下身子，一面奔跑，她知道，只有这个时候是最好的时候，人们喝酒，人们跳舞，当他们在深夜的时候找寻阿依吉伦，她已经远远地离开了。额木克的桦皮船就在河边，这条船长十多尺，宽三尺，两头尖，微微向上翘，船桨用松木造成，外面覆上桦树皮的接驳处则是用柳条做线缝起来的，然后涂上松树油。最近，额木克每天替船涂松树油。桦皮船很轻，可以扛在肩上，平时搁在岸上，用的时候朝河中一推，顺流用桨，一小时可以划五十华里。阿依吉伦跑到了河边，额木克已经把桦皮船推下河，为了使船流得快，他们没有预备很多的粮食，只带了一个桦皮袋，里边盛载了一些野果和干肉。额木克还带了一根鱼叉。阿依吉伦一踏上船，额木克就划动桨，今天的水向是顺流，额木克不必用撑竿，船迅速地向下游滑去。岸上的人还在唱歌跳舞，阿依吉伦依稀可以听到一首她很熟的歌：

杨树是乌哩鸟栖息的地方
不要把我许配给缺心眼的人
榆树是卡鲁鸟栖息的地方
不要把我许配给无缘的人
落叶松是衣拉格特鸟栖息的地方
请把我许配给聪明的人
红松是沙吉鸦鸟栖息的地方
请把我许配给可爱的人

歌声愈飘愈远，船滑行得飞快，额木克忽然搁下双桨，面对篝火那边微微发红的天空，在船上跪下来拜了三拜，阿依吉伦听见他呜咽地说：爹，请恕孩儿不孝。

喀喇河屯为滦河上的渡口，亦是伊逊河及滦河交汇处的交通重镇，皇帝每次北上围猎，必定沿长城外古北口起，向东北陆行，经两间房、鞍子岭、化鱼沟三处行宫，抵喀喇河屯，然后横向东进，上承德的避暑山庄。皇帝在山庄避暑，为期数月，一旦炎夏隐退，七月尽间，即哨鹿起身。狩猎行伍自避暑山庄启程，沿伊逊河岸，陆行北上，深入木兰围场。皇帝在围场行猎筵宴约半月以上，至围场完毕，才循伊逊河水路，乘船南下，回喀喇河屯，再返热河行宫。不论水陆两途，于北狩道上，皇帝总有二至三次，驻跸喀喇河屯行宫。离开京师，沿途北上，乾隆不禁隐隐地思念起皇祖来了，身在圆明园时，乾隆并没有特别悬念自己的父亲，圆明园本来可是当年雍亲王的藩邸旧址；反而是在喀喇河屯，离开了紫禁城，乾隆却怀念起祖父来。不过是喀喇河屯罢了，一旦到达热河的行宫，还不知有多少地方充满了皇祖的影子。圣祖仁皇帝在乾隆的心中一直占据了一个极重要的位置，在乾隆的眼中，皇祖仿佛不是他的祖父，而是父亲。回忆皇祖犹生时，至宠的儿孙似乎也仅得二人，其一为当时的十四皇子，另一人则为乾隆自己。乾隆记得，自己幼龄六岁时即能背诵《爱莲说》，当时皇祖在藩邸牡丹台第一次见他，即喜曰：此子福过于余。于是命育诸禁庭，朝夕训迪，过于诸皇孙。对于乾隆，这段往事，怎会忘记。

喀喇河屯行宫乃由皇祖亲自鸠工兴建，圣祖仁皇帝在这个地点建筑离宫，主要的原因当然并非纯为避暑，而欲北上与诸蒙古部落会盟。据称，皇祖驻跸喀喇河屯时，日理万机，未尝少暇，只批阅奏章之余，才出外行走，亦非只顾游山玩水，任意漫逛，却是到处视察民生，访问村老田夫，巡索探寻各处有关乡土记载的碑碣石刻。一日，地方上的父老对当年的康熙皇帝说道，喀喇河屯附近有一处蒙古牧民的大牧马场，没有人家，草木繁茂，蚊蝎绝迹，土肥水甘，泉清峰秀，水质上好，喝了可免病患。于是皇帝亲自策骑，沿着一泓弯曲河道，上溯探源，果然发现一带林木成荫、景物天然的大牧场。皇帝下令治湖修堤，仿照原来的自然景趣造园，即辟成日后的避暑山庄。喀喇河屯行宫，是避暑山庄的一个缩影，两处的建筑物均十分类似，一式为茅茨土阶，不彩不画。“朴实”两字，可算是山庄行宫的特色，亦是圣祖仁皇帝平生为人之写照。有时候，乾隆不禁细想，自皇祖即位迄今，亦已将近百年，大清的国势如日中天，内库充盈，万邦来朝，天下一片升平气象，既然如此，实在不必处处刻苦求俭，生活如村夫农妇。况一国之君，若不衣金披锦，扈从林立，总显不得帝王的威仪。

在行猎的队伍中，乾隆骑着一匹半黑半白的花马，身后的侍卫执掌着一顶九龙曲柄明黄圆盖，由于远行的缘故，出狩的骑驾，只出动了最简略的仪仗，骤然看来几乎还不及一个小小县官出巡时的喧闹。平日，一名知县出巡，排在轿子前面的仪仗规例为开道锣一、蓝伞一、棍二、桨二、肃静牌二、青旗四、掌扇一。如果不用全副仪仗，也有锣、伞两件开道。但乾隆北行，除了一顶九龙曲柄明黄圆盖，只得上万精兵和脚伕，出了紫禁城，所有的盖、伞、扇、幢、幡、旌、纛、旗都一一撤免了。或者，行猎用上最简单的骑驾，是由于仪仗队皆是步行的执事，而行围者均为骑队，如果拖了那么一大队的仪仗，从京师前往热河，怕不要走上五六十天；又或者，出狩的骑驾如此简单，是皇祖沿下来的规矩，祖宗传下来的家法，大清的子孙是不能违抗的。但乾隆喜爱的却是繁华热闹的场面。

紫禁城中的朝会，才真正地够气派哪。譬如元旦，皇帝一早就穿上了由江南织造特别呈进的元旦龙袍；五鼓时，皇帝观察堂子；又至奉先殿，继至宁寿宫行礼。然后乘舆至保和殿，在中和殿暂息。这时，宫中的侍班、执事均先来行礼祝贺。然后由这群侍臣前导，步入太和殿升座。平日静寂肃穆的太和殿，现在可布置得更形金碧辉煌，到处陈列起朝会的法驾。在御座的旁边，列有沐盆、唾盂、大金瓶、小金瓶，还有金椅和金凳。依次为金炉、香盒、手执拂尘的宫监。殿前立一人，手执曲柄黄盖，殿下立二人，手执戏竹。皇帝坐在御座上，丹陛上的铜炉、金鹤、珐琅龟都升起袅袅的檀香，在烟雾弥漫之中，皇帝看见王公站在丹陛上，文武百官、各国使臣鹄立丹陛下的太和殿院中。院中林立着曲柄或直柄、龙或花卉、方或圆等盖。在花盖之间，立着四名执净鞭的执事；在黄龙盖之间，列着仗马和掌骑，又列置各类团扇，分别为明黄双龙、赤双龙、明黄单龙、赤单龙不等。太和殿东西檐下，陈列起编钟、编磬、琴瑟、箫、笙等乐器，皇帝步入殿中升座时，乐队奏起中和韶乐，当皇帝接受文武百官朝拜祝贺时，太和门东西檐下由云锣、方响、管子和仗鼓组成的乐队则奏起丹陛大乐。乐音一旦奏起来，官员纷纷趋前依序叩拜。皇帝端坐御座上，只见一群一群的人俯伏在丹陛之下，殿院之中。皇帝极目而望，可以看见远处的太和门，门下站立持引仗者，手执金钺、星、卧瓜、立瓜、吾仗及御仗。至于太和门外，太远了，皇帝看不清楚，但皇帝知道，午门内列着金、玉、象、木、革五辂以及驮宝瓶的驯象，午门门外则停着金辇和玉辇，午门外的龙亭内叠放无数各省官员的贺表。再远一些，是端门，端门上站立的是随步的奏乐仪仗。二十名打鼓者，两名鸣金者，四名击仗鼓者，四名拍板者，十二名奏横笛者，跟随两个红镫。接着是同样的一群人数，亦跟随两个红镫，最后尾随的，为四名敲钲者，十六名吹大铜角者及十六名吹小铜角者。更远一些，就是天安门。天安门下，列着四头朝象。这些象，不论是否朝会之期，每日必到天安门下一行。再远一些，一直往外走，可要走到天坛了。于是，皇帝的思路折回来，停驻在一批侍卫的身上。御座下的四周，丹陛之上，鹄立着众多的侍卫：四人荷殳、四人荷戟，另有执大刀、弓矢、豹尾枪者各三十人，均相间而立。这些侍卫，有些只是法驾中的仪仗，有些才是真正的皇帝亲兵。保卫皇帝，皇帝想，一把大刀总比一柄圆扇实际得多了。

殿院中的官员一批一批地叩下头去。有时候，乾隆会觉得颇不耐烦，但他实在喜爱此等繁华热闹的场面，他觉得，唯有这样，皇帝才充满了帝王的威严，尤其是在各国使臣的面前，这样子才能充分表现出中国天子的神圣权势。圣祖仁皇帝好像认为皇帝和平常人差不多，所以常常仿佛忘记了自己是皇帝，又把自己和平民百姓相提并论。否则，他何以会建一座仿若民居的避暑山庄？皇祖当年曾谕户部曰：国家钱粮，理当节省，否则必致经费不敷。为了节省，于皇祖时，宫中每年木柴只用七八万斤，红螺等炭每年只用百余万斤，各宫床帐舆轮花毡等项俱不用，比起故明每年用木柴二千六百八十六万余斤，红螺等炭共一千二百零八万余斤，各宫床帐舆轮花毡用银二万八千二百余两，自是节省了不少。又明朝各宫殿基址墙垣俱用临清砖，木料俱用楠木，而皇祖即位后，凡禁中修造房屋，一切基址墙垣，俱用寻常砖料，木植皆用松木而已。明季宫女九千人，内监多至十万，饭食不能遍及，日有饿死者。皇祖即位后，宫中不过四五百人。圣祖仁皇帝八岁时即登帝位，当时太皇太后曾问帝有何所欲，帝对曰：臣无他欲，惟愿天下治安，民生乐业，共享太平。乾隆觉得，修筑紫禁城中的宫殿，采用寻常砖料和松木，未免显得美中不足了，他可是宁愿用临清砖及楠木。像圆明园，新建成的“西洋楼”建筑群，岂不美轮美奂，旷古绝今？皇祖在位时，户部存款仅八百余万，至皇考在位，已积至六千余万，如今乾隆为帝，库中累积，帑藏充盈，有增无减，和先朝相比真个是不可同日而语，乾隆认为，他是不必像皇祖般刻苦刻俭的，反倒是皇祖勤政爱民之风，才值得他好好仿效。

随过圣祖仁皇帝出猎行军的老将兵都知道，康熙皇帝可是一个平易近人、爱民如子的皇帝，每次出狩，皇帝都过简朴的生活，免除了一切宫廷的繁文缛节。抵达围场，在皇帝面前经过的骑马将领，都不必下马行礼，御厨端上来的食物只有肉食没有米粒，皇帝也不责难。经过城乡时，皇帝故意策马缓行，让百姓可以看见自己。有时候，他还由得百姓走到身边来，看他进膳，还把小米和肉食分派给百姓。围场本来的目的是为习武，但围场时不免有将士受伤，尤其是猎虎。围场最初一直采用步猎，猎者伤亡率甚高，皇帝为了珍惜将士生命，遂禁止步猎，不准将士深入草丛单身犯险，又下令放置猎犬四出搜索包围，把兽逼出空旷草原，才进行骑射。行猎大队起程后，皇帝曾下令兵卒前来与他并肩行进，和他们倾谈，问及军中的情况；又鼓励老兵把作战经验传授新军，对英勇的将士更赏赐有加。皇帝不仅爱惜将士，也重视保养出狩的牛马，如果天将降雨，必命仔细遮盖马匹；负重过累的马匹若冒过汗，必命不可立刻饲水。猎队仍在半途，即命人前往探测草原及水源，该打井就先打井。这些事情，老将兵们都记得，当时的行猎队伍军纪严明：沿途不得践踏农田，不得偷劫粮草，将兵不得随意住宿庙宇民居，必须自行盖搭帐篷，不可欺凌百姓。那时候，皇帝每日合围四五次，奔逐必十余里，草深及马腹，不以为苦。晚上仍举火读奏章，命学士批答，不到一更不肯休息。圣祖仁皇帝的生平事迹，不但老兵们记得清清楚楚，乾隆自己又何尝不深印脑海？他年纪尚幼，圣祖已带他上木兰围场。当时，圣祖曾一枪打倒一头大熊，为了想让小皇孙有机会一显身手，赢得初围猎熊的英名，就唤小弘历上前去用箭把熊射死，哪知乾隆步到熊身前时，熊忽然站起，吼叫扑跳，皇祖惊骇发枪，把大熊击毙。后来回宫，皇祖对诸妃嫔曰：此子诚为有福。乾隆只记得那熊异常凶悍，若不是皇祖眼明手快，枪法神俊，怕早已被熊咬死，哪里还能当什么大清的皇帝。

皇祖认为乾隆有福气，又说乾隆的福分比自己高。乾隆觉得自己的确是个福分极佳的人，至于比皇祖还要过之，则是以后的事了。皇祖八岁即位为帝，在位不可谓不久，享寿不可谓不高，乾隆常常自忖，自己的一生，能够像皇祖那般，大概也不差了，尤其是像皇祖那样高龄。活得长命百岁，万寿无疆，是乾隆最向往的事。

每年的万寿节，不是所有的人都前来祝贺皇上福如东海，寿比南山吗？不但世人向皇帝祝寿，连神佛也在戏台上叩拜。乾隆不仅喜爱宫中演戏时的热闹景况，还极为欣赏戏中扮演的群仙祝寿，仿佛那时候自己真的是万寿圣主，皇运遐昌了。

皇祖在承德避暑山庄只建造过一座戏台，建在“如意洲”，名为“一片云”。那是一座小戏台，而且只有一层台，乾隆喜欢的可是具规模的大场戏，所以才在避暑山庄建了“清音阁”，是座三层的大戏台。有了这座大戏台，演出承应寿戏时就比以往更加热闹了：数以百计的神佛分别出现在福、禄、寿三层戏台上，最底下的一层寿台，天花板上有三个天井，台板上有五个地井，都可以升降神仙，像那一出名叫“地涌金莲”的戏，末了会从五个井口慢慢升上五朵大莲花座，每座上各有一尊菩萨，每一朵莲花瓣里都有灯。戏台上的神佛才多哩，既有四大金刚、八大天王、十八罗汉，又有无数菩萨。最后，就由如来佛念祝颂台词：恭逢圣王万寿圣诞，庆洽天人，今日来临，献此地涌金莲以庆帝道遐昌，皇图永固。于是，所有的神仙一起叩贺起来。

乾隆喜欢的就是有这么多的神佛向自己贺寿，虽然演戏是假的，但一切看来不就和真的一般么？乾隆坐在御榻上，他其实看不见福台上的戏子，甚至也看不见禄台上的天神，但那并不打紧，重要的是他知道三层戏台上都站满了神佛，戏台的檐前垂挂着宫灯，丹陛下陈列着新运到的桂花，林立着侍卫和内廷大臣，东西厢一间一间配殿内坐着或跪着亲王贝勒、王公使臣和御赐听戏的官员。乾隆看见他们叩头，入座时叩一个头，获赐果金时叩一个头，获赐点心时叩一个头，获赐文绮等物时叩一个头，退下时连叩三个头。忽然地，乾隆觉得，整座“清音阁”的上下左右前后都在演戏，台上演，台下也在演，所有的亲王贝勒、王公使臣、听戏的官员、侍卫宫监，都在演戏，连乾隆自己，仿佛也在戏里了。

已经下了几天的雨。从端阳那天起就一直开始下雨，雨并不大，但断断续续的，似乎没有停过。端阳那天一早，乾隆穿的是一件蓝地缂丝捻襟式龙袍，袍身为宝蓝色纬丝织地，以紫赤圆金和淡圆金两种细金线，织就大小正龙、升龙、降龙和行龙三十条，施大红和桃红、秋香和柳绿、石青和宝兰等杂色线，织成五彩祥云缭绕于龙云周围。宫中每逢端阳节并不举行朝会，只沿风俗做些观竞渡、摆粽席作酬次。以前，曾经因为天旱，没有摆过粽席，也没有龙船竞渡。今年，却因为天雨，也没有举行。但行宫内外门上各缀蒲艾数茎，寝宫门楣倒贴红纸葫芦，乾隆也穿上了端午龙袍，也许是因为端阳那天皇帝穿的是一件蓝色的龙袍，所以连天色也一直灰灰蓝蓝的。

雨中的避暑山庄，显得更清凉朴素了。乾隆坐在“如意洲”的“湖心烟雨楼”内，抬头可以看见山庄的四面都是绵延的山峰，每一座山都有不同的形貌，一如山本身的名字。有的石峰犹如巨人蹲坐，所以叫罗汉山；有的山峰像昂首的青蛙，所以叫蛤蟆石；有的山峰如棒槌，所以叫磬锤山。还有鸡冠山、天桥山、金山、黑山，每一座山峰都是气势雄壮，峰峦突兀。避暑山庄占地并不特别广阔，整座山庄乃依山筑成，环庄诸岭其实都在山庄之外，但由于建园的手法尽量利用了借景的艺术，就把山庄和所有的群山都连结在一起，仿佛山庄一直远远地伸展出去，直到山的外面，天的极处。由于山庄和大自然浑然融成一体，乾隆极目远眺，但觉视野无限广阔，只不过因为是雨天，远景一片迷蒙。但那些山间的层层烟雨，又是另一番景象，仿佛面对一座泼墨的天然大画屏，就是这座大画屏，使避暑山庄内的气温比京师要凉快许多。

避暑山庄所以成为一处景色怡人的离宫，除了峰峦峻出，层山叠翠，还因为泉脉涌流，河泉纵横。当初兴建山庄时，康熙皇帝充分利用自然地势，掘塘堆山，引水造湖，导武烈河水灌入山庄，辟出塞湖，又在湖区开了一条长堤，拓建大小三洲。山庄内的湖虽然由人工筑成，但因为随山依势，仿佛是原来就有似的，配上沿西岭流下来的瀑布、溪流和池沼，加上万树园大牧场西面的天然喷泉、曲水、小池，使整个塞北的山庄流水潺潺，湖波荡荡，俨然一片江南景色。时值盛夏，乾隆身处“湖心烟雨楼”，但觉天气清凉，也不知道“暑气”是什么个模样。“湖心烟雨楼”位于塞湖之上，塞湖亦即澄湖与如意湖，湖中植满了荷花，沿岸古木参天。山庄的荷花与别处的荷花不同，由于热河泉的水温较一般泉水为高，所以影响到湖中的荷花经久不谢，即使霜降以后，塞湖的荷花依然灿烂一如盛夏，乾隆就写过这样的诗句：荷花仲秋见，惟应此热泉。荷菊争艳，乃是避暑山庄的奇景。

乾隆有时觉得皇祖过于节俭，但每次到承德避暑山庄来住了一阵，却又觉得皇祖于俭朴中自有智慧。避暑山庄的建筑和紫禁城的一片金碧辉煌景象完全不同，譬如说紫禁城中的大殿，鎏金宝顶闪烁着金光，用的可是黄色的琉璃瓦，色釉匀净饱满，宝顶的式样也采用重檐庑殿顶或单檐庑殿顶，即使不用气派非凡的庑殿顶，也采用悬山顶或歇山顶，殿顶的四角屋脊上又装点了真人、龙凤狮马、行什等飞禽走兽作缀饰。而殿内的梁柱，无一不飞金重彩、青绿棱间、丹粉刷饰，门扇均装修菱花，雕玲珑云龙，地面以金砖铺墁，但见一片华彩，充分表现出帝王宫苑的豪华。

避暑山庄就完全不是那样子了，离宫殿院只是一处处朴素雅致的山居，无论建筑群的布置与形式，都具浓厚的民间气息。紫禁城的大殿可是一层一层渐进的，山庄的殿舍却是一群一群连聚一处，依山依水建成，所有的殿堂一律用硬山卷棚灰瓦顶，所有的梁柱一律不雕不绘，宁拙舍巧，又在各处保存了原来的苍松古柏、垂柳老榆，并且栽植梧桐、芭蕉，使整座山庄，保留了天然质朴的山居雅趣。对于避暑山庄的建设，乾隆对皇祖的聪敏智慧感到十分钦服，但又觉得山庄的建设不算完竣，譬如以内外湖来说，外湖虽然由如意湖、澄湖、上湖和下湖四个湖组成，还是小了一点。他决定在东南面继续拓造银湖和镜湖，湖上筑一座水心榭。对于围绕宫墙的乱石墙，乾隆也觉得太过简陋，他决定把它改为砖砌的雉堞式。至于绕围新辟的湖区，可以续建些“颐志堂”、“畅远台”和神庙等。

雨仍在不停地洒。有时候，乾隆在紫禁城中也会呆呆地看雨。雨小的时候，只洒湿了琉璃瓦；雨大的时候，宫中的各处殿檐都像挂起了雨帘，尤其是几座大殿，殿周围的石栏，每块栏板底边都有小洞，雨水就从这些小洞中流出来。而栏杆外边的无数望柱下面雕琢精美的螭首，口内有凿通的圆孔，也一起吐出水泉。远望过去，只见群龙竞喷，水柱如瀑，像这般壮丽的雨景，相信也只有紫禁城中才有。乾隆曾经命宫监去把螭首遍数一番，回禀道共有一千一百四十二个石龙头。从龙首吐出来的水，从栏杆底下小洞流出来的水，从庑顶上泻下来的水，自北向南，自体仁阁和弘义阁台阶下的白石券洞流出去，一直注入协和门外的内金水河。

避暑山庄的殿院并没有石栏杆和螭首，雨水自殿脊泻下，自动流汇湖心，依山而筑的山庄，并没有排水上的困难，要担心的不是怎样把水排出庄外，而是怎样防止洪水的入侵。山庄的东面是武烈河，沿着山脚建筑的乱石墙固然是为了防备洪水泛滥，另一个原因也为了防止暴民的闯入。百姓有时等同流水，水能载舟，亦能覆舟。所以，乾隆对这乱石墙特别注意，要把它改为砖砌的雉堞式也是别有用心。山庄的西北面，是著名的“北枕双峰”，峻立着势雄崒嵂的金山和黑山。一到天雨，西岭的山水就源源不绝地汇流下来，这些水，对避暑山庄的安危并无影响，可是水一直沿山庄外聚流，涌向承德的旱河，会把一条旱河涨至泛滥。旱河又是自西北向东南走向，横越承德，这条河若是涨满成患，简直就是把避暑山庄与京师之间的交通割断了。皇帝虽然身在山庄，但京师的大小奏章题本，无不按照皇帝身在紫禁城时一般每日呈进，京师的信使每日飞驿传递，约两日半可抵达承德，一旦被旱河所阻，纵使有天大的本领，也只可望河兴叹了。对于这条旱河，乾隆不能不重视，虽然这一次北上，旱河并没有泛滥，但连绵不断的天雨，使乾隆不禁想起以往曾经遭河困隔的烦恼。况且，除了驿使受阻，还有外国的使臣、职贡的藩属，岂可被区区一条小河难倒？于是，乾隆决定在承德开凿一条新河，河身流过的民居，着令移徙岸旁高地，计屋受值，工程交由军机处起谕，交工部尚书发下去办理。除了担心旱河为患之外，乾隆在避暑山庄暂时似乎没有其他的烦忧了，坐在“湖心烟雨楼”，他可以静静地观看雨景，聆听流水琮琤的天籁，但觉尘嚣远逸，心境清明。此时，乾隆觉得难怪皇祖要在这个地方建一座山庄，避暑山庄真个是一处避暑胜地。当乾隆一面欣赏湖光山色一面对身边一名侍臣博尔奔察说起山庄果然名不虚传时，站在他身旁的侍臣博尔奔察不知是一时大意，忘了自己是在和皇帝说话，还是天性憨直，居然对乾隆说道：皇上说得是；不过，“气候温淑，大胜京师”可是皇上在山庄内说的景象，山庄外边，却是城市狭窄，房屋低小，人民蜗居其中，户灶衔接，炎暾之盛，十倍京师。外间就有民谣道：皇帝山庄真避暑，百姓仍在热河中。乾隆一听，面色勃然一变，这名侍臣幸而是个满洲人，不然的话，一颗脑袋大概是保不住了。

百姓。百姓像水，有时候是清澈平静的湖，有时候是汹涌泛滥的河。没有水的河不是河，没有百姓的国家不是国家；没有了百姓，当然也不会有皇帝。历代的帝皇可没有一个不想国泰民安、庶民子来的，可是要国泰民安、庶民子来，真是谈何容易。自大清立国以来，乾隆想，朝廷为百姓可算也办了许多事情，一开始就以休养生息为首务，然后推行了一连串的奖励垦荒、轻徭薄赋、除贱为良、摊丁入亩，无一不为百姓着想，几朝下来，难道百姓的生活没有一点改善吗？先帝入关时，国内逃人无数，百姓离乡背井，各地流徙，田园荒置，但这些情形已经好转。自从实行"圣世滋丁，永不加赋"之后，百姓的户口更为安定。圣祖仁皇帝在位时，国内人民只二千万人，但如今全国的人口已超过二万万，如果说百姓不能安居乐业，怎能有这么多的人丁？何况朝廷又重视河务、漕运，大规模在国内各处兴修水利，使大量的荒土变为良田，江南一带之富庶，更是有目共睹。乾隆认为，朝廷尽了那么多的力，百姓没有理由要生活在水深火热之中的。不过，从呈进来的题本及奏章之中，乾隆所获悉的除了"春景甚好，雨水调匀，菜麦茂盛，百姓欢悦"之外，也有"土贼猖聚，扰劫乡民"的事件，又有"海上起事，抗拒官兵"或"官逼民反"。每次与军机大臣及内阁官员廷议时，乾隆隐约也开始明白，眼下虽然是大清的太平盛世，但是百姓的生活并非如他想象中的富裕。富裕可能只是浮面的现象，丰衣足食的可能只是少数的富户。在奢华生活的背后，有无数的百姓仍然贫无立锥之地。而这，究竟是什么缘故呢？佃民不是有土地耕作了吗？赋税不是减轻了吗？河道不是疏通了吗？惰民、蜑户、乐籍、贱民不是已开豁为良了吗？航运不是兴旺了吗？商贾不是买卖自由了吗？各行各业不是业务蓬勃了吗？那么为什么还有民谚吟说“百姓仍在热河中”？这个热河当然不是纯粹指承德的热河。

从一些呈进来的题本中，乾隆知道，朝廷虽然赋税低，可是，杂派比正赋要高出三五倍，甚至数十倍。据说，各式各样的耗羡和养廉银，就足以把一个百姓的岁收抽空。最近，还听说有一项“锄头税”，一家人有一名男丁执锄，要纳税银二分。真是巧立名目，无孔不入。类此等事，乾隆并非一无所闻，譬如田赋上缴，一般以八成为准，若遇水、旱等灾，朝廷例有蠲免制度，上缴国库者，收八成报五成，收五成报一成，一切的浮收，都到哪里去了？乾隆在大学士的疏言中就阅见不少类此的句子：“今百姓大害，莫甚于贪官蠹吏。”大清的国势如今不错是兴隆了，人口是增多了，朝廷对百姓是做到轻徭薄赋了，可是，办理朝政的官吏，果真能够矢忠矢公，清廉勤政，各尽职守？吏治的好坏、良酷、清浊，与帝位的长久是休戚相关的，吏治的失败，也就是亡国的先兆。乾隆左思右想，不禁皱了皱眉。

朝廷内的这班官员办起事来又怎样呢？国家之事，全在六部，但六部官员，办起事来，互相推诿。每遇大事，有才者不肯决，无才者不能决；任劳任怨之意少，疑事畏事之念多。在廷议上，有迎合上意而言，有因一己爱憎而言，有缄默以从众者，有观望者，有不肯轻言者，结果弄得会议多而职业旷，文移费而时日稽。朝廷内的官员如此，各省文武官员又如何呢？多有虚糜廪禄，怠玩因循，事务废弛，行伍虚冒，分内职事，视为具文，漫不经心。对国事如此，对营私舞弊却是精神百倍。京官在朝，自不能派科收耗，但京官有权有势；地方官吏职低微，无不尽力巴结京官，于是不断向京官馈送厚礼，夏天有“冰敬”，冬天有“炭敬”，又有生辰时令的敬献。这些厚礼，以及私囊之饱溢，无不取之于民，难怪疏言中每有直斥其非，谓之“民间疾苦，皆由督抚之贪酷”。

雨并没有停，避暑山庄的“如意洲”，形状像一柄如意，如意本有寓事如意的意思，但在“如意洲”“湖心烟雨楼”的乾隆，心境并不如意。他觉得，治河易，治民易，治吏反而艰难。这么多吃饭不做事、多磕头、少说话、贪婪舞弊的官员，真是朝廷的一个大瘤。乾隆的心情就像灰蒙蒙的天色一般阴暗下来。

“文津阁”坐落在避暑山庄西部的梨树峪底，依山临水，面对澄湖，从阁内向外远眺，可遥望澄湖中形若芝英、云朵及如意的大小三洲，从“如意洲”经“芝径云堤”，过石蹬数十层，可通往对岸的“万壑松风”，但见一片栉比相连的民居式卷棚灰瓦殿院，回廊相接，岗阜陂陀，开展出一片平淡朴实的塞北景色，更远处为柞柳杂树、草原豁朗的试马场及万树园。在“如意洲”边，可见到一带亭榭馆阁，“流杯亭”与“八角亭”分列东西，“西船坞”水边泊着几艘小船。

“文津阁”为一座两层高的建筑物，阁内上下层都放置藏书排架，书籍一律分别贮藏在楠木小箱中，安置在书架上。阁内的间隔就利用众多的书架以及其他博古橱、碧纱橱来围聚。在上下层中央，均有书架间隔出来的广厅；正中设御榻，榻上有迎手、靠背、痰盒等物。此外还另放书函，供皇帝随时浏览。今日，乾隆并没有登上文津阁的上层，他只留在下层的广厅中，厅内四周除书架、博古橱环立外，还围隔着雕木屏风及孔雀羽扇。御座两旁有香几，几上置檀香炉，御案上放置了纸墨笔砚。天气并不炎热，但乾隆并没有戴上帽子。乾隆没有戴帽是因为刚剃发不久，而且，在这个时候他相信不会有什么大臣会前来晋见。虽然如此，他还是没有让帽安置帽筒上，而由宫监站在一边持帽鹄立，一旦有什么大臣忽然有要事晋见，他就可以随时戴上帽子。皇帝从来不在王公大臣面前挥扇，也从来不在王公大臣面前不戴帽子，这些都是大清皇帝的家法。

在“文津阁”内，虽然四周书架上列的是各类各样的书籍，乾隆翻阅的可不是什么经典著作，也不是他平日特别喜好的诗词文集，却是看的一册足以令“南书房”那群胡子翰林目瞪口呆的《石头记》。乾隆对于《石头记》一直略有所闻，大约知道那是个内务府包衣旗下姓曹的后代写的一部书，这家人虽属上三旗的正白旗，不过是当年从龙入关，和真正的满洲血统拉不上一点关系，如今已遭抄家，写书的人听说是住在香山健锐营附近。《石头记》并非由任何官员呈进紫禁城来，也是事有凑巧，乃由乾隆自己偶然看见顺手取得。迩近乾隆因皇八子永璇年少不守礼法，甚为烦恼，为了加强管教，不得不亲自临幸永璇府第，加意察看，就在永璇府中发现了《石头记》，遂挟其一册而返。身怀内疾的永璇，原来看的竟是这样一部邪书。

乾隆认为这部《石头记》写的是圣祖仁皇帝时相国纳兰明珠家的事情。他又觉得，写书的人免不了胡说乱道，譬如书内提到贾、史、王、薛，是什么有地位有等级的家族，真是说到哪里去了，想满洲氏族，以八大家为贵，一曰瓜尔佳氏，一曰钮祜禄氏，一曰舒穆禄氏，一曰纳喇氏，一曰栋鄂氏，一曰马佳氏，一曰伊尔根觉罗氏，一曰辉发氏。此八氏才是真正的贵族，包衣旗下人写书，就难免只写些贾、史、王、薛。不过，乾隆读到第四十六回时却不免吃了一惊，书中写鸳鸯不愿为妾，竟说道：我这一辈子莫说是宝玉，便是宝金、宝银、宝天王、宝皇帝，我横竖不嫁人就完了。这一段话，可数到乾隆的头上来了，乾隆尚未即位时，乃和硕宝亲王。如今，这《石头记》可不是明明指的是宝皇帝乾隆？看来，这写书的人又不是一个等闲的人物。

紫禁城外到底还有多少人在著书论文？有多少人在隐喻微言，写各种各样的邪书异说？乾隆忽然觉得顶上一凉，才想起自己原来没有戴上帽子。乾隆一面命内监给自己戴帽一面环顾四周的书架。书架上罗列的乃是皇祖时编纂的《古今图书集成》，全书分为历象、方舆、明伦、博物、理学、经济六编，包括三十二典，共六千一百零九部，一万卷，五千册，另有目录四十卷，分十册。这么一部贯穿今古，汇合经史天文地理、山川草木的典籍，可包括了《石头记》这样的书？而全国又有多少类似《石头记》这样的书？乾隆能够由得这些汉人乱诌些什么宝玉、宝皇帝吗？

皇考在位时，不是已经禁了无数的反书了吗？而且毫不留情地株连九族？皇考的确用心良苦。乾隆自觉聪明，颇能了解，一方面固然借以镇压汉人反清之情绪；另一方面，当然也为了可以威慑若干满洲嚣尘的贵族。皇考即位不易，采用严政是必要的，反观圣祖仁皇帝，为政则宽矣。乾隆认为，他应该做到的是宽紧并济，既有皇祖之“治天下之道以宽为本”，亦有皇考之“为治之道在于务本，不尚虚名”。坐在“文津阁”内，乾隆灵机一动，瞧四周无数的书架，终于想到了一个搜集全国书籍审览的办法，何不下旨设个馆，任命一批官员编纂一部《四库全书》，把天下书籍一一搜集，任何珍本秘籍都必须呈交朝廷，这一来，既可仿效圣祖仁皇帝做一番编书大事，又可以借此把一切偏谬言论删除，则天下再也没有谤讪之书可以留存了。想到这里，乾隆不禁踌躇满志起来。对于那些倡导异说、狂诞不经、妄议朝廷、隐喻讥讽等等的书籍文字，乾隆总算想出办法来整治了。可是，对于与有血缘亲的满族旗人，乾隆反而觉得十分棘手。清初入关时，王公大臣、八旗兵将无不弩强善射，国语纯熟，几朝下来，在关内居久了，渐染汉习，多有骄逸自安，废武弃弓，又有满洲旧旗命名如汉人。想大清乃以弧矢定天下，不过短短百数十年，竟然转变如此，长此以往，后果将不堪设想。乾隆也曾下谕，凡乡会试必先试弓马，合格才许入场，但收效并不显著。至于有些满族官员，不会讲满洲语，简直更不像话。为了让满洲子弟读书，乾隆又曾下谕凡王公贝勒宗室子弟，均须送入学堂求学。但这些贵胄学堂的学生，无心向学，只求膳食精美丰厚，稍不遂意即飞盆掷碗。每日到堂，又需教习遣人往请，至四五次，到午刻方始莅止；抵堂即索午餐，餐毕扬长而去，并不上课。亦有偶尔兴至，入讲堂，对总教习呼往喝来；或高唱京调一出，故人皆称学堂为安乐园。

贵胄学堂的学生只不过是满族中的少数，令乾隆十分头痛的反而是整个旗人的生计问题。自从入关以来，八旗人不断增加，而八旗兵则兵有定数饷有定额，多数的旗人不能去当兵，又未必能候补得上，一家之中兄弟数人只得一人为八旗兵，其他数人既不能离开佐领，又不能出外自谋生计，于是数十万旗人困守京师，不读书，不做工，终日游手好闲，出入茶馆戏园赌场妓院，沉迷于斗鸡，斗鹌鹑，斗蟋蟀，把心思只用在做些漂亮的蛐蛐罐等的小玩意儿上，坐耗柴米，挥霍无度，靠借债典当预支饷粮过日。八旗兵本来是大清的子民，乾隆怎能不悉心整治旗务？但这么大数量的浮民，可不是轻易能处理得了的。皇祖在位时，曾多次赏赐银两，增加兵额，京旗移垦，但只能暂时解决一部分旗人的生计，由于人丁滋长，许多地方都出现逃旗的现象，旗人都逃走了，大清的根基岂不是摇晃起来了么？太祖皇帝就说过：无仆何以为主，无民何以为君。八旗兵可是太祖皇帝一手创立的，乾隆必须好好保养才是。

大清帝国地大物博，人丁旺盛，当然是一件令乾隆引以为荣的事情。不过，地大人多，种种的烦恼也会随之发生，乾隆如今统治的可不是满族人的江山，在这偌大的一个国土上，不但有满人、汉人，边疆的回人、蒙古人、苗人、瑶人；此外，还有来自海外的西洋人。这些西洋人多半是耶稣会教士，乾隆对他们一直颇具戒心。但几十年来，眼看他们倒也没有什么异端，其中多半的教士精研汉语、勤学儒家经典，不但能流畅地讲写汉语，而且熟悉各种风俗礼节，连服饰起居饮食礼仪也无不汉化。当然，他们到中国来，引进了西方科学，带进西洋奇器，又能翻译科学书籍，把天文历算、数学、物理的知识传入中土，乾隆对他们的工作感到相当满意。不过，除了这群已经留在京师的教士外，仍有不少西洋人想到中国来。这些年来，前赴京师或至承德避暑山庄的外国使臣并不少，也带来不少西洋的奇异珍品。譬如荷兰国甲娄吧王，就曾遣八员卑臣入贡，其中有刀剑八枚，其柔绕指；旃檀树四枚，各长四丈许；又有西洋小白牛四头，白质斑纹，顶有肉峰；荷兰马四匹，锐头卓耳，形态殊异；又有玻璃箱、牡丁香、哆啰尼绒。又有暹罗国王贡大海龟、孔雀、驯象。回回国贡牛，有三角三目。

大西洋傅而都嘉利亚国则贡大珊瑚珠一串、奇秀琥珀二十四块、乌羽缎四匹、金大绒毯四领、聚辉烛台一悬、琉璃盏异式三百八十一块；另有葡萄酒二桶、大象牙五支。各国进贡送礼之物事，以照身大镜、自鸣钟、琴、丝、绒、火铳最多。有的邻国是真的以藩属身份前来职贡的，有的是到中土来通好；至于另外一些西洋国家，则想来通商。乾隆登基以来，沿海船只无论进出口规定要经过朝廷的批准，五百石以上的大船不准出口，大的木材如樟木樟板，制火药用的硝矿、铁货、军器，一律禁运出去，粮食及人口也不准随便运走。乾隆知道，沿海各省很早就通用洋钱，外国商人也有小船运些货物在沿海做小买卖；但现在，却有外国使臣公然借祝寿为名，要求正式前来做生意，要把宁波、舟山、天津等港口开放，准许他们在京师、广州、舟山附近的小岛收贮货物。对于这些要求，乾隆认为这些外使深谋远虑，绝非打的好主意；断然拒绝了。况且，有个使臣，到天朝来见了乾隆不肯下跪，说是什么使臣的礼节和普通的官员不同云云，对皇帝如此不敬，虽然送来些望远镜、灯、毯、猎枪，乾隆下令即时把来使逐出。

大清于入关不久时，为防范海盗，曾严厉采取禁海政策。至圣祖仁皇帝时，因海氛廓清而开海禁，并设四关对外贸易。如今乾隆登基，国力鼎盛，乾隆为统驭万国的天朝皇帝，各国来使无不前来纳贡称臣。由于颇有些外使意欲前来通商，这就不禁叫乾隆想起海禁开放，外商云集，岂不损害民风土俗？要是海疆重地让这些外邦人留居，可能渐渐引起汉人注意，若汉人借此等船坚炮利之辈，内外结合，岂非对天朝大为不利？想到这里，乾隆决定绝不能把通商口岸扩大，为了防微杜渐，必须把西洋人影响国人的范围限制于一点。于是下令：嗣后口岸定于广东，外船不得再赴浙省。沿海其他各关口，遂对外封闭起来。

*
塞宴
*

“万里山河通远徼，九边形胜抱神京。”这两句诗乃是康熙皇帝对木兰围场地势之誉赞。木兰围场位于察哈尔蒙古东四旗和内蒙古锡林郭勒盟、昭乌达盟与卓索图盟之间，是由京师通向内蒙古东四盟、呼伦贝尔及漠北喀尔喀蒙古土谢图汗部、车臣汗部直至尼布楚的要道。围场离京师仅七百里，皇帝出巡时，驿骑三天一次，往返传递各省官员的奏折和皇帝的谕旨，使皇帝虽人在塞北，如同身居紫禁城。从围场进古北口或喜峰口，是蒙古高原到达京师的一条捷径，故围场在军事政治上位置极为重要。当年国境西北厄鲁特蒙古准噶尔部落噶尔丹叛变，率军进攻漠南蒙古，康熙皇帝即聚军于围场北境吐力根河，在围场以北三十里的克什克腾旗乌兰布通大败噶尔丹叛军，皇帝又于围场北境训练内蒙古和喀尔喀蒙古骑兵，以防鄂罗斯支持噶尔丹南下滋扰，皇帝选择地形复杂的“木兰”建立围场，自有他的战略意图。

围场位于北温带的东亚季候风区，境内草原、森林、高山、峻岭、峡谷、平原兼而有之，雨量充沛，森林茂密，动物繁多。围场北境，位于蒙古高原东南角上，属北温带半干暖草原地带。原上地势平坦，每年夏秋，高温多雨，水草丰美，禽兽肥硕，最宜盘马弯弓，驰骋射猎。围场的中部和南部，为海拔二千尺左右的燕山山地，在燕山山地与内蒙古高原之间，横亘一列大山，最高峰为大光顶子，海拔约为八千多尺。大山与内蒙古高原相连，东北走向，与大兴安岭衔接，经围场北部，向张家口北部延伸，直达内蒙古乌喇特旗，连接阴山山脉，人们称这列大山为塞罕坝。站在塞罕坝下向上仰望，但见大坝拔地际天，绵亘长空，由坝下登坝，约行十里，则千峰万壑，具在足下，立马遥望，天开地坼。塞罕坝乃是熔岩台地，坝上丘陵起伏，地势平缓，抬头天似穹庐，俯视笼盖四野，辽阔起伏的燕山，尽在脚下。坝上夏天雨量充沛，冬天雪积冰封，水源丰富，成为若干河流的发源地和分水岭。围场境内，向西流的有吐力根河，向东流的有阴河，向南流的有库尔奇勒河、伊逊河及伊玛图河。塞罕坝是一列大山，也是围场区的一座巨大的天然屏障，由于大坝横亘于围场北部，对围场中、南部气候影响显著。夏季时，海洋性的温润气流遭阻挡坝下，使燕山山地温暖多雨；冬季时，大坝削弱了北来的劲风，减缓了寒潮对坝下的侵袭，“一岭界南北，寒暄殊节候”。因此，塞罕坝下，无霜期可长达六个月之久。由于气候温润，围场草木丰盛，珍禽遍野，坝上坝下是一片以落叶松和雪松为主的原始森林，林中虎豹熊豕穿林越谷，狗鹿獐兔出没成群。暮春时际，围场内绿柳含烟，夏天时则万卉齐发，秋日枫林似火，冬季松柏常青，难怪乾隆一到了围场，就这样描写坝上的景色：猎场深益佳，兴安真兴安。林有落叶松，兽多大角羱。鹿鸣哨可至，雁飞俯以看。

寒露节近，乾隆的狩猎大队已从承德避暑山庄动身，向西北行进，沿伊逊河畔，上兰旗营、波罗河屯及唐三营三处行宫，直趋木兰围场。狩猎队这次出发，颇和京师有别。于京师出发时，乃由精兵先导，脚伕、车辆及运货的牲口押后尾随，但由避暑山庄启程，精锐将领仍在半途，运货的骆驼队早已抵达围场，联合蒙古八旗的兵士，建搭起一座庞大的皇帝驻跸大营。

大营乃建在一片辽阔的草原上，是座正圆形的建筑，严审的结构，可与紫禁城的布置相比美。大营的正中，为皇帝的御幄，那是一座三连式的营舍，包括一座大蒙古包在前，一座卷棚式房屋形大帐于后，由一座略小的卷棚式回廊帐相连，前端的蒙古包为皇帝接见大臣、处理国事之营殿，经回廊才进了休息的御幄。御幄之帐用的乃是多罗皮，多罗为蒙古树，意思是满。蒙古人以游牧为生，于塞外行走，时遇骤雨，取多罗皮编做雨衣，多罗皮轻巧便捷，入水不濡，卷起来不过一握。当年康熙皇帝出猎木兰，途中遇雨，就曾以己所御雨具赐与扈驾将领，其雨具即由多罗皮织成。皇帝之御幄不但帐幕质料精巧，营屋之盖搭也与别不同，四周除用绳索牢牢紧扎外，棚顶上还设有可开启的天窗，类此的卷棚式顶帐幕共有三座，其中一座仅有一天窗，另一座有两天窗，御幄前则有三个天窗。于御幄之正前方，共有左右两座蒙古包，在蒙古包前，为一横向盖搭的普通人字式帐幕；于御幄背后，为六座蒙古包，分列两行，其后一字儿排开八个纵向人字式帐幕。这一组营幕为大营的正中心部分，整个四方形由七尺高的黄幔加一幅幅直立的大屏风围起来，仿佛一道围墙。

御幄墙外两旁，各有人字式帐幕两排，约共每边十数营，又各有一个蒙古包，均用黄幔围隔，为大营中心的第二道围墙。再向两旁伸延，又有左方一座三连式帐幕，右方品字式三座蒙古包，前后分列小帐幕，亦由黄幔屏围，与他营相隔。再向两旁伸展，更有小营屋及帐幕，旁侧均用以绳索结成之七尺高网墙围绕。所有这些御幄、蒙古包、散落的帐幕，均位于大营的正中，占地半个大圆圈，另一半圆圈为一大片空地，留作表演相扑之用。整个大圆圈是大营的内城，四周由绳索绕个圆圈围住，是为网城，网城共有东、西、南三个入口，正南面对正御幄，进门仿若紫禁城之午门。于网城外，沿着网城边，密密麻麻地搭满人字式的帐幕，一个连接一个，成为一串弧形的连帐；于连帐外，相隔十尺之地，又有第二道连帐，团团把大营包围在中心。这两道连帐，是大营的外城。帐顶插上八旗的各色旗号，东西南北各出入口又遍竖八旗大纛，迎风招展，好不威武。

皇帝驻跸大营之外，稍远的地方，山边林下斜坡等处，疏疏落落地也搭盖了三三两两不整齐的帐幕，一律为人字式，油布幕。帐幕与帐幕之间，搭着三叉木柱，拴憩马匹；帐幕的附近，停歇运货的车辆，息养骆驼，地面散置各炊具。饲骆驼的人饲骆驼，洗擦马匹的洗擦马匹，煮食的煮食，遛狗的遛狗，闲聊的闲聊。皇帝还没有到达围场，大营一片静寂，营外却是繁忙热闹非常。

乾隆沿途北上，由于天气晴和，塞外景色如画，心境十分开朗，对于围场的布置，他一点都不必费心，跟随过皇祖出狩的老将领都是经验丰富的军人，而且又都是老满洲。前去建搭营帐的都懂得要选择干燥高地以避洪水，炊煮之地不宜接近丛林的野草，但又要有足够的草原饲马。并且，依照满族人的忌讳，绝不回到同一的地点扎营。皇祖好天文，懂得观星看云，时时在营前插一小旗，以观风向，又曾自立标竿，划上度数，以证日影。乾隆对天文并不醉心，这些事情，他都不管了。

乾隆自承德避暑山庄动身，第一日驻跸兰旗营行宫，第二日抵达波罗河屯。比起京师来，波罗河屯当然是个小地方，不过，这个小地方却是一个有名的城镇。当年圣祖仁皇帝就曾御驾亲征，坐镇波罗河屯，指挥大军，痛歼噶尔丹叛军。乾隆每次到波罗河屯来，都会忆起皇祖赫赫威武的样子。乾隆为什么要离开京师上承德避暑山庄？为什么要深入木兰围场？还不是要学皇祖那样，对边疆的强邻慑之以兵么？坐镇北方的鄂罗斯一直是个野心勃勃的国家，数百年来不断在边境掠劫滋事，又勾结边藩叛乱，侵袭东北及西北一带各族人民。这几年，准噶尔部达瓦齐正在蠢蠢欲动，背后挑风煽火的正是盘踞于外兴安岭的那些罗刹鬼子。乾隆对鄂罗斯的一举一动，多年来一直密切注视，他知道，罗刹兵随时会联结准噶尔叛部生事，军争必不可免。一旦战事爆发，他将像皇祖一般，亲自带兵北上，与蒙古诸部会盟，共歼敌枭。如今他上木兰围场，也是为了和盟部会师，做好种种戒备。乾隆非常重视与蒙古各部的联盟。这些藩属是大清在东北的一个大屏障，没有了这个屏障，京师的处境就危如悬卵了。

鄂罗斯一直是中国的一个大敌。想当年，罗刹兵不断南下犯境，劫杀各族人民，趁国朝对三藩用兵，边防空虚，遂扩张武力，在精奇里江一带盘踞筑城。圣祖仁皇帝虽多次遣使严正谴责，但仍执迷不悟，难怪皇祖不得不说：若辈非创以兵威，则罔知惩畏。皇祖曾于平定三藩后，亲自巡行东北，继之展开一连串作战准备，先命官员赴宁古塔督修战舰，调动军队驻守瑷珲、呼噶尔，建立木城，与之对垒，又指令于瑷珲实行屯田，开辟由盛京至瑷珲之间水陆联运线，并在吉林乌拉至瑷珲间修建一千三百四十里的驿路。此外，还特别给黑龙江驻军配备福建藤牌兵，作战时，更动用神威无敌大将军大炮。

雅克萨之役是圣祖仁皇帝亲自策划的，康熙二十四年六月二十三日，皇帝派都统彭春、副都统郎谈、黑龙江将军萨布素率水陆两军进抵雅克萨城下。二十四日，包围雅克萨。二十五日，哥萨克兵乘木筏从黑龙江顺流而下，企图进城，遭藤牌兵杀伤大半，余皆溃逸。当晚，大军攻城，军其城南，集战船于城东，潜红衣炮于城北，两翼放神威将军炮夹攻，又于城下三面积柴为焚城状。翌晨，鄂罗斯托尔布津出城乞降，遂平雅克萨城。想起皇祖的战绩，乾隆又是敬服又是羡慕，他日亲征，必定像皇祖般神武才好。想起雅克萨战役，想起大清的兵马精强，器械坚利，乾隆忽然希望眼前就有一场大战，好使他猛显神威，也叫世人知道他除文才盖世外，又是一名沉勇好兵略的皇帝。

如果不是平定了雅克萨城，大概鄂罗斯也不肯坐到桌边来签订《尼布楚条约》吧。尼布楚本是我茂明安部游牧之所，雅克萨是我达斡尔部故墟，原非罗刹所有，亦非两界隙地。黑龙江上下，及通此江之一河一溪，皆我所属之地，绝不可少弃于鄂罗斯，理应与之划定疆界，往后不得任其侵掠。一旦和约既定，两国永敦睦谊，严守约章，争端当无自而起。皇祖可是个仁爱宽大的皇帝，当日平定雅克萨城，曾下谕道：归城时勿杀一人，俾还故土。又道：并其器物，悉与遣返。可是罗刹人才不理什么永敦睦谊，和平协商，《尼布楚条约》不错是订下了边疆的地界，自额尔古纳河、格尔必齐河及外兴安岭到海，为两国东段边界，河以南属中国，以北属鄂罗斯。但是，罗刹人并不从此就严守约章起来，条约不过订立了一年，鄂罗斯即煽动噶尔丹窜入西端呼伦河一带，南下犯境。皇祖三次亲征，坐镇波罗河屯指挥，先后于围场以北克什克腾旗境内的乌兰布通及蒙古的昭莫多大败叛军，逼得噶尔丹走投无路，于沙漠中服毒自尽。

波罗河屯，实在不是一个寂寂无名的小城。

过了唐三营，狩猎大队已经进入木兰围场的范围，围场的地点在伊逊河西岸，沿途山深林密，水源充沛。乾隆骑在马上，但觉远处林中鸡雉成群，出没丛莽之间。乾隆并不是第一次到木兰围场来，对一些特别的地方他还依稀能够辨认，并且唤得出它们的名字，围场附近的地名都以树木禽兽为记，原来用蒙语称呼，乾隆也一样记得。纳喇苏图，意思是松的峡谷；海拉苏台，是有榆树的地方；楚克尔苏，是杉树；呼鲁苏，是芦苇；有鹿出没的地方叫鹿图。狼叫绰诺，雕叫岳乐；有虎的地方叫巴尔图。巴尔图，乾隆希望这次行围能够获得虎只，如果只捕获些豕、獐、兔、豺狼、鹌鹑，就未免不够气派了。是否能够碰上虎，倒要讲点运气。当然，若能获得珍贵的兽类则更为理想。早些年，蒙古骑手在巴颜陀罗海就获得过一头巨鹿，头上的角多达十六叉，其形大如巨牛，角长盈丈。有一次，军兵在撒勒巴尔吉猎获过一只香獐，十步以外，芳香扑鼻，又在大兴安岭捕过一头全身乌黑、顶生白毛的石熊。这些才是令人兴奋的狩猎。乾隆并不希望这次会遇上石熊或香獐，他希望能够猎虎。皇祖为了杀虎，曾特制了一种虎神枪。这枪，乾隆也命侍卫带了来，还带备了虎叉。圣祖仁皇帝的善射是著名的，皇帝晚年于行围帷次，曾谕近御侍卫诸臣曰：朕自幼至老，用鸟枪弓矢获虎一百三十五、熊二十、豹二十五、猞猁狲十、麋鹿十四、狼九十六、野猪一百三十二，哨获之鹿，凡数百，其余射获诸兽，不胜记矣，又于一日内射兔三百一十八。皇祖神武，真是慑栗天威，冠冕百王。乾隆并没有统计过自己一共猎过多少野兽，比起皇祖，他仍年轻，将来或不止此数也未可知；但乾隆倒不想猎兽多，他的愿望是猎兽精，这样才更显得他的勇武与际遇吧。

狩猎大队越过草原，进入一条比较狭窄的林荫小径，天气已凉，微风拂动，林间的树木簌簌作响，群叶扇展，不知名的动物在草丛中跃跳，乾隆抬头四望，仿佛这一切的树木竟是他出行的法驾卤簿。他那么喜欢的军旗又都一一在眼前出现了，八十面大纛、一百二十面军旗，都在随风振振作响。在队伍的最前面，扬起二十四面八旗大纛、十六面前锋大纛、四十面五色锁金龙大纛。然后就是一百二十面军旗，这边的都是祥禽，有仪凤、翔鸾、仙鹤、孔雀、黄鹄、白雉、赤鸟、华虫、振鹭、鸣鹅。那边都是灵兽，有游鳞、彩狮、白泽、角端、赤熊、黄熊、辟邪、犀牛、天马、天鹿。另外的旗是四神，是四渎五岳，是五星二十八宿，是甘雨，是八风，是五云五雷，是日，是月。乾隆觉得，神在天上，岳在远方，云在天际，风在林间，在他左边的树林内有振鹭鸣鸾，在他右边的树林内有天马天鹿。所有的旗纛飘飘晃晃，所有的禽兽在四下浮移。皇帝来了，皇帝到木兰围场来了。乾隆还看见门旗、金鼓旗、翠华旗、五色销金小旗，出警入跸旗。乾隆看见的大纛和军旗不过是幻象，但看见门旗、五色销金小旗却是真的。因为出了狭窄的林荫小径，打猎大队已经可以看见远处一座宏伟的圆形帐幕大营，在日光下闪着金黄色的围幔、白得发光的密密麻麻帐幕，帐幕顶上竖起彩亮的旗色。精兵已经抵达木兰围场的大营。

在大营之前，两旁排列着蒙古八旗的将领，以及前来迎驾的蒙古盟王。距离这么远，他们都整齐地鹄立着，待得乾隆的坐骑步到他们的面前，他们将会一起跪下来，迎接他们共同的大可汗。

乾隆知道，面前这批如一片矮树林的蒙古将领不过是蒙八旗中官员的一部分，每年木兰秋狝，蒙古旗主均采用围班制，分批接待大可汗，前来接驾的不过是其中的札萨克代表，另外的旗主、王公大臣，仍驻营在附近的十里八里外，即使是站在大营前的盟主旗主，他们的帐幕也在草原的另一个角落，清晨启程赶来，已经恭候圣驾多时了。

到木兰围场来参加秋狝射猎的，除了皇室贵胄，满、蒙、汉大臣，满、蒙八旗和察哈尔游牧八旗的官兵外，还有漠北喀尔喀蒙古四部，即车臣汗、札萨克图汗、土谢图汗及三音诺颜，漠西厄鲁特蒙古，天山南路的维吾尔族，巴尔喀什湖滨的哈萨克族，葱岭一带的布鲁特各部族的王公贵族，以及最庞大的一支猎队，来自漠南蒙古。

漠南蒙古是蒙古诸部最先归附于大清帝国的部落，初太祖以宁古塔贝勒崛起辽东，征服建州部及长白山部，北取扈伦，东并东海，统一女真各部，即与蒙古科尔沁部首领同盟，结为姻戚。太宗时，更联合满蒙之众，平定察哈尔部。先帝入关，实以蒙古兵为先驱，蒙古族与满族之间，唇齿相关，绝非其他藩部可比。而漠南蒙古与大清朝廷之间，世结姻亲，袭职特权，又与漠北、漠西蒙古不同。漠南蒙古分六盟四十九旗，计哲里木盟十旗、卓索图盟五旗、昭乌达盟十一旗、锡林郭勒盟十旗、乌兰察布盟六旗、伊克昭盟七旗。每旗设世袭旗长，曰札萨克。又集若干旗为一盟，有直属中央之盟长，各盟之间，定期会盟，讨论军情边防刑名户籍等事。各旗王公大臣贵族，甚少上京师朝见大可汗，每年只派代表赴京做仪式上之朝贺；亦有蒙古贵族害怕出天花，不敢上气温较高的京师。一旦大可汗亲幸围场，情况就不同了，蒙古王公都纷纷争着参加围班扈猎。皇帝驻跸大营之前，于是黑压压地站满了人。

乾隆策马缓行，但见两边的王公首领一起俯伏跪拜，皇帝到木兰围场来，当然是希望能猎获珍禽异兽，但最重要的，还是如何猎获这些俯伏于地的蒙古盟主旗主的心；所以要和他们世结姻亲，所以要对他们封官拜爵，所以要对他们厚加赏赐，所以要建设更多的喇嘛庙宇。整饬戎兵，怀柔属部，典礼所垂，意至深远。

乾隆到木兰围场来，和蒙古首领一起参加骑射，举行蒙古族人喜爱的摔跤、颠马等活动，对蒙古首领封爵厚赐，缔结姻戚，当然可以猎获这些盟主旗主的心，不过，蒙古族之中，真正具权势的还有喇嘛。喇嘛中最高者为呼图克图，权势之高凌札萨克王公之上。这些喇嘛及呼图克图可不喜爱行猎，也不会来参加围班。对于一个喇嘛，最好就是建筑一座喇嘛寺，让他能够坐镇庙宇，执掌教务大权。若能控制喇嘛及呼图克图，还怕不能操纵整个蒙古吗？乾隆骑在马上，又得意起来了，以黄教柔驯蒙古，中国之上计也。皇祖在避暑山庄建立了溥仁寺，不正是这个意思么？将来，乾隆一定还要建立更多的寺庙，除了蒙古族，中国的边境还有回族、藏族等，各族均有属于自己的宗教，掌教的都是大有权势之人，只有庙宇，才能猎获掌教者之心。所有的这些庙宇，当建于承德，建于京师，朝廷才能密切地注意大喇嘛的行动，至于庙宇里面，可竖立巨型的石碑，当用满、汉、蒙、藏四种文字书写，亦意至深远也。

今年，到木兰围场来朝见大可汗的盟主旗主，该到的都到齐了，乾隆特别注意的是漠西厄鲁特蒙古准噶尔部的首领。果然，准噶尔部一名旗主及使者都没有来。该部自噶尔丹叛乱后，一直采取表面恭顺、背里气焰嚣张的态度，大概要重蹈当年噶尔丹的故辙。准噶尔自噶尔丹在康熙皇帝三次亲征之下，众叛亲离，走投无路，于沙漠中服毒自尽后，部落内部割据形势仍未终止，先后有策妄阿拉布坦、阿睦尔撒纳等部长发动骚乱，如今部落的大权落在达瓦齐之手，达瓦齐盘踞新疆维吾尔松拜河东岸格登山一带，欺凌南疆各族百姓，罔视天朝，强迫维吾尔人年纳白银十万两，每户于集市时交布一匹，或羊皮数张，或猞猁狲一张，又使骑兵到哈萨克人地区抢夺牲畜，掳掠人口。准噶尔原为厄鲁特蒙古之一支，为漠西蒙古斡亦剌惕后裔，原居谦河流域，国朝初建时，漠南蒙古率先尊太宗皇帝为蒙古大可汗，并奉上“博克达·彻辰汗”的尊号，意思为宽温仁圣皇帝。不久，漠北蒙古各部也相继向天朝进贡。世祖时，厄鲁特蒙古四部首领均向天朝奉表入贡，准噶尔亦为其中之一。如今，这个蛮顽的部落又在边疆蠢蠢欲动，看来，乾隆是不能坐视不理了。一场平西的战事势不可免矣。想到这里，乾隆一脸得意之色的龙颜渐渐变得严肃起来。

巴维尔鄂尔究沟草原上布置的一个赐宴场显得简单而隆重，宽阔的广场上用七尺高的黄幔围间，正中偏北朝南为一座大蒙古包御幄，两旁为两座小蒙古包，大蒙古包前东西两侧各设筵席，邻近御幄两旁为乐队及喇嘛，东、南方设一列列的几案，陈设了用来赏赐给各蒙古亲王、郡王、贝勒、贝子的金银工艺品、玉器、瓷器及绢帛等物。七尺乘七尺的黄幔前各立侍卫一名，配刀鹄立，近西侧之赐宴场入口处，整齐地跪了约八排官员，每排约二十人，前三行者均蟒袍补服，项悬朝珠，后数行则衣蒙、回各族衣衫，除侍卫外，场中各人均跪于地上迎接圣驾。

乾隆身穿团龙龙袍，乘一顶八人肩舆入场，前导者官员八人，最前者五人列成丁字形，其中一人持一黄龙直柄圆盖，肩舆旁，有数十官员随舆步行，各官员均蟒袍补服，颈悬朝珠，头戴花翎。赐宴场内虽然有一部分人没有穿着官服，但彼等均衣着整齐，一式圆领斜襟长袍，腰系细带，头戴圆顶帽，因为跪在地面，乾隆看不见他们的毡靴，穿上这般的服装，乾隆看不出他们在族中的官阶，至于其他的人，乾隆却是一目了然。大清官员服饰一直有严格的规定，以品质、数量和颜色作区别，最显著的为顶戴，一品官的顶戴为红宝石，二品为镂花珊瑚，三品为蓝宝石或蓝明色玻璃，四品为青金石或蓝涅色玻璃，五品为水晶石或白色玻璃，六品为砗磲或白涅色玻璃，七品以及进士、举人、贡生等用金，生员、监生用银。乾隆向左方用眼一扫，但见官员们的顶戴一片红红蓝蓝，官儿都是不小了。这些个顶戴，对于他们，大概看得比自己的生命还要重要吧。乾隆又朝右边随舆步行的官员瞥了一眼，身旁这些人的顶戴不但闪闪生光，还拖着花翎，其中根本没有一支单眼翎。双眼花翎都是高级官员，三眼花翎的无一不是亲王、贝勒和宗室贵族。

今天，能够到赐宴场的以武官为多，乾隆一看官员身上的补服就心里有数。文官的补服均为鸟形图案，武官则为兽形。四周的这些官员，补服上都是动物，而且绝不低于狮虎麟。而他们的蟒袍上的刺绣，也多是九蟒五爪，连五蟒四爪的小官也没有一个。大清对蒙古贵族的封爵与对朝廷的宗室贵族、功臣勋将相等，也有亲王、郡王、贝勒、贝子、镇国公、辅国公、台吉、塔布囊等各种爵位官衔。不过是一些花花绿绿的顶戴和蟒袍，就使蒙古贵族对天朝感恩不尽了。

乾隆下了肩舆，登上御座，蒙古族的王公大臣依次一批一批上前叩拜，然后分两边入席。筵前并无座椅，众人均跪于案前。侍卫前来赐食盘，各人叩头谢恩；侍卫前来分赐赏物，各人又叩头谢恩。列席的蒙古王公大臣，对于能够进入赐宴场，认为是莫大的恩宠。赐宴的仪式与会场的布置同样简单而隆重。不久，皇帝离开赐宴场，各人又纷纷伏地跪送。

在赐宴场外观看马术，蒙古的王公大臣就觉得气氛要轻松得多了，虽然他们仍旧排着二十人一行，前后八行的方阵，却可以不必跪在地上，也不必不停地叩头。马术表演乃在草原上举行，四周并无黄幔围绕，但见远山近林，一片草原景色。马术场虽无黄幔作屏，却有侍卫列站，隐隐围成一道藩篱。皇帝已换上骏马，为首立于西陲，背后为数十宗室贵族，均坐鞍上。

离皇帝稍远处，有两名将领站立地面，各持一纛为号，引导马队行进。

草原东端结集了数约上百的人马，但见旗号挥动，马匹鱼贯而来，有一人一马或一马二人；表演马术的，有背插五色小旗者，有手持弓矢者，有空手翻腾者。当马匹驰至皇帝面前，骑士无不做出各种不同的马技，或一足立鞍镫而驰，或两足立马背而驰，或扳马鞍步行并马而驰，或在马上倒竖蜻蜓、叠罗汉，或抛物射靶；更有在马上腾身互换，或一人腾出，另一人在马上戴之于首。但见彩旗飞扬，马匹如箭离弦，风驰电掣，蔚为奇观。

不久，马术行列散尽，但见远处烟尘滚扬，正不知有多少兵马隐伏丘陵峡谷之间。俄顷，忽有千百生驹空群而出，奔踶跳跃，纵横驰骋，这些马匹均为初入牧群，不受羁缰者。在马群背后，跟着冒现大批藩王子弟，人人手执长竿，竿系彩索，竿头有绳作圈络，这批善骑生驹的贵族子弟精神奕奕，个个争先，有步行，有骑马，纷纷突入驹队。驹匹在惊慌中，已被跃背登腾，或绳系驹首；步行者无不系控酣呼，疾如风雨，剽悍神勇，飞降马背。骑策者亦舍己马，跨驹背，伸络竿圈驹。生驹固不肯受，有跳跃作人立状，有俯首作倾覆状，有四蹄腾空状，而跃骑者夹以两足，至终不下。须臾，无数生驹络首贴伏，好一场教駣也。

侍卫自一只八楞錾花银温碗中取出一只八楞錾花银执壶来，把温好的酒斟入一个二十五瓣莲花口银杯中，由另一侍卫接过，跪呈皇帝面前。乾隆已经喝了不少酒了，但他接杯在手，还是啜了一口。对于蒙古酒乾隆并不特别喜好，反而是手中这杯，他倒觉得十分精致。此杯乃用白银捶制，触手沉重，杯外通体錾五叶芙蓉花十朵，下托莲瓣，叶间錾出筋脉，叶花重叠，布满杯壁，圈足外錾竖条纹和羽状纹，精细中自有一番粗犷味道。乾隆在宫中进膳，每个菜碟或菜碗中均有一个银牌，有戒备下毒之意；膳菜送来之前，又要经宫监“尝膳”，但现在，酒壶温碗及杯盘皆为银器，乾隆也就表现出落落大方的模样，表示对蒙古王公的极度信任。司俎侍卫以臂腰肩骼俎盘，跪进肉食，肉食乃用一个海棠形錾花大银盘盛载；乾隆酒喝了不少，肉也进了许多，但他为了在蒙古王公大臣前表示亲善，又用御刀亲自割下一薄片，在满盛肉汁的荷叶敞口银碗中蘸了蘸。肉皆白煮，例不加盐酱，虽嫩美，吃多了也不过一个味儿。所以，乾隆剖肉之时，亦不注意切肉之多寡厚薄，只顾欣赏银盘及银碗的花纹，这个银盘倒趣致可喜，正中錾海水双鱼，四周饰以莲花莲子，均清晰可见，银碗为大敞口五叶复形花瓣，斜壁浅腹，杯壁精匀，造型古朴。乾隆在宫中的食具都是彩绘龙纹和写着“万寿无疆”字样的明黄色瓷器，冬天虽用银器，却没有这些莲花碗儿的塞外气派。

在皇帝驻跸大营内城的御幄前，乾隆蹲坐在软缎的坐垫上，背后有垂幔作屏障，筵宴已经进入尾声，各人都喝过不少酒，吃过不少肉。内城的广场上，御幄前两旁遍地铺席，席上铺毡，毡上设坐垫，蒙古王公大臣均盘膝坐垫上，侍卫各以肉一方约十斤，放阔二尺径铜盘中献之，另一大铜碗，满盛肉汁，碗中置一大铜勺，每人座前又各有一小铜盘。酒为高粱，倾于大瓷碗中，各人捧碗呷之。吃肉时，亦各备解刀，自片自食。众人喝酒吃肉之际，蒙古什榜一群约十人，于皇帝面前西侧席地而坐，纷纷奏起乐来，什榜即蒙古音乐。蒙古音乐与中土之笙镛箫管绝异，乃是些蕢桴蘖籥，颇有上古遗音，亦自成节奏。什榜者一律穿宝蓝斜襟长袍，头戴狐边圆帽，手中乐器类似琵琶、箫笛，更有一具坐地之琴，如筝，奏出来的乐音呼呼呜呜，一片风声马蹄，不类中原之妩媚。酒至中巡，亦有三公更迭献技，乾隆均有赏赐。

酒席撤下去后，什榜并不停息，布库立即上场了。布库即是相扑，当年圣祖仁皇帝计擒鳌拜，就是先令小童习相扑之戏。布库之道乃徒手搏击，分曹角力，伺隙蹈瑕，不专恃匹夫之勇。

布库为蒙古人之长技，参加布库者均穿素白直袖短衣、长裤、褐色及膝皮靴；不冠，头发束于脑后，若一猪尾，用细线束结。献技时，相扑者先向皇帝叩礼，然后四人分两组表演，于摔跤前相互抵额亲善，继之分立一面吐个架势，才移动位置，窥伺对手，猛扑扭抱，全力以赴，以期把对方摔倒于地，厄鲁特蒙古的摔跤手则以头肩着地者为输。

当场中心正有四名摔跤手互相角力，不分胜负，而场边有四名相扑者跪接赏赐时，乾隆忽见什榜之后两名蒙古王公互相耳语，形态殊异，乾隆因问道：可有事故？两王公立即启奏曰：回大可汗，适有奴才来报，奴才等营中，白昼有虎前来搏马，是以相语。乾隆一听，即令中止相扑奏乐，随命侍卫备马，但见乾隆霍然起座，也不稍待，飞蹬上骑，绝尘而去。各侍卫、亲王纷纷仓卒追随，虎枪人闻之，疾驰大营数里外，皇帝坐骑兀自去远了。

如果我说我喜欢你
桦树上的郭丽鸟
你会奇怪吗？
如果我说我喜欢你

雪山上的绰罗花
你会奇怪吗？
如果我说我喜欢你
我亲爱的额木克
你会奇怪吗？
如果我说我想念你
桦树上的郭丽鸟
你会知道吗？
如果我说我想念你
雪山上的绰罗花
你会知道吗？
如果我说我想念你
我亲爱的额木克
你会知道吗？

这是阿木泰很熟的一首歌，当他年纪很小的时候，娘亲常常给他唱各种各样的催眠歌儿。听着听着，阿木泰就睡着了。那时候，阿木泰还小，小得什么事情都不知道，他只记得，当他蹲在地上看蚂蚁的时候，他可以看见娘亲穿的布鞋子，鞋子上有几朵好看的红花；他又记得，有一些竹子排在一起，竹子上面有叶子，叶子上面也有花。阿木泰能够记忆得最远的，就是娘亲的绣花鞋和竹子上的白花儿。除了娘亲，阿木泰还记得一个很黑很可怕的高高大大的人，那个人满手满脸都是黑的，黑得像晚上一样，那个人只有两只眼睛有一点儿白，真像贴在门板上的门神。门神怎么会从门上走下来呢？门神又喜欢伸出手来抱阿木泰，于是阿木泰就哭了。

“阿木泰不要哭。”门神说。

“阿木泰不要哭。”娘亲也说，于是阿木泰躲进娘亲的怀里。躲在娘亲的怀里，阿木泰就安全了，门神就不能把阿木泰抢走了。

在阿木泰的记忆中，只有娘亲这个人。仿佛他一生下来家里就只得娘亲和阿木泰两个人。吃面疙瘩时，是娘亲和阿木泰两个人；教阿木泰说“牛牛”“爹爹”时，又是娘亲和阿木泰两个人。阿木泰不知道为什么在他很小很小的时候，娘亲总是叫他牛牛，而他，开始会讲话时，好像也只会说牛牛，牛牛到底是什么，他可一点儿也不知道。不过，只要娘亲一叫：牛牛，他就会别转头去看着娘亲。阿木泰长大了些，才有点明白什么是爹，不过，他从来没有见过爹；别的小孩都有爹，他没有，他只知道爹就是和娘亲一般的一个大人。有时候，他也会问娘亲，娘亲的答案永远是一个模样，好像那个奇怪的答案就是阿木泰的爹了。

“娘亲，爹呢？”

“你爹？他到森林里边打猎去了。”

“要去很久吗？”

“嗯，要去很久很久。”

“什么时候会回来？”

“打到了野兽就回来。”

爹要打到了野兽才回来，野兽一定很难打，森林一定很远，渐渐地，阿木泰就把爹忘记了。娘亲好像故意讲些故事给他听，让他不要问爹什么时候回来。阿木泰喜欢娘亲讲故事，都是些森林里边的动物和英雄的故事，而且娘亲说，她讲的故事都是真的事。

娘亲说，柯尔特依尔氏族的首领毛考代汗，和白依尔氏族的首领根特木耳都是优秀的猎手，有一次，他们一同出猎，遇到一只狎伏在山林里。两个人都想显露自己的本领，就打起赌来，谁若是能将磨刀石拿去放在狎身上，或者去取回来，一点也不惊动，谁就是好汉。毛考代汗先去了，在狎身上放下了磨刀石，动也不动。接着，根特木耳把狎身上的磨刀石取回，取下刀才走了三步远，狎惊觉，吓跑了。根特木耳取刀时所以会被狎发觉，据说是由于毛考代汗放磨刀石时，故意在磨刀石上吐了一点唾沫，唾沫沾在狎毛上，使根特木耳从狎身上取下磨刀石时，才稍稍惊动了它。

阿木泰喜欢听这样的故事，娘亲说，这个故事也是真的。有时候，娘亲不给阿木泰讲故事，而是叫阿木泰猜谜语。有些谜语深，阿木泰猜不着，有的浅，阿木泰就猜着了。猜中谜语的时候，阿木泰很快乐。

“有一丛树长得很奇怪，根朝上，枝朝下。”

“是马尾巴。”

“地上扣着四个碗。”

“是马蹄。”

“树下一堆白雪花，春夏秋冬不融化。”

“是灰鼠。”

“根根芦苇细又长，没有节骨没有瓤。”

“是头发。”

“用手抓不满一把，放开手无边无际。”

“是眼睛。”

娘亲说，阿木泰是个聪明的孩子。娘亲说聪明的孩子还要勇敢才好。阿木泰年纪很小很小的时候，可不勇敢。到了晚上，天黑了下来，阿木泰就害怕了。为什么好端端的白天忽然会变得黑漆漆的呢，黑得连娘亲鞋上绣的花儿也看不见了。到了晚上，如果娘亲不在身边，阿木泰就哭了。娘亲总是说：阿木泰不要哭，阿木泰不要哭。于是，娘亲就唱歌给阿木泰听，让阿木泰睡觉。

你的眼睛
像井
很深很深
你的微笑
像夏
很晴很晴
你的声音
像温泉
很暖很暖

娘亲唱着唱着，阿木泰就闭上了眼睛。有时候，阿木泰心里还在害怕，睡不着，他睁着眼，看见窗子外面很黑很黑，娘亲已经唱了许多的歌了，娘亲的歌真多呀。娘亲唱歌的时候为什么哭呢？娘亲说：阿木泰不要哭，阿木泰不要哭，为什么娘亲自己却哭了呢？娘亲也怕这黑漆漆的夜晚吗？

不过，娘亲并不常常哭，娘亲只有在唱歌儿的时候才掉下眼泪。平日，娘亲忙着不停地绣花，娘亲绣的花很好看，她把花朵绣在闪闪亮的布上面，又把那些布做成小袋子，袋子上还有绳子。阿木泰也有一个这样的小袋子，挂在腰间，里边放的都是阿木泰的小玩具：树林里拾来的松子啦，马背上剪下来的鬃毛啦，河边捡的石头啦，等等。娘亲做的布袋子很多，娘亲说，她绣的小布袋，叫作荷包。

"娘亲绣这么多的荷包做什么呢？"

"绣了荷包拿到火神庙大街上去给李伯伯。"

"给李伯伯这么多荷包做什么的？"

"去换面粉回家。"

"换面粉回家做什么呀？"

"换面粉回家做糖糕给阿木泰吃。"

"李伯伯要那么多的荷包做什么呀？"

"好卖给出门的人。"

"出门的人要荷包做什么呀？"

"本来是用来放吃的东西的。"

"现在呢？"

"现在就是为了好看了。"

娘亲绣的花很好看，娘亲鞋子上绣了花一定也是为了好看。每天，娘亲会一面绣花做荷包，一面教阿木泰记声认字。

阿木泰觉得娘亲很聪明，比阿木泰聪明许多，因为娘亲不但会说满语，还会说汉语，所以阿木泰年纪很小，也会说满语和汉语了。

“尼玛哈。”娘亲说。

“尼玛哈。”阿木泰跟着说。

“尼玛哈就是鱼。我们满族人说尼玛哈，他们汉族人就说鱼。”娘亲一面说，一面指着手里绣的双鱼。

“尼玛哈就是鱼。会游泳的鱼。”阿木泰说。

“布达。”娘亲说。

“布达。”阿木泰说。

“布达就是饭。”

“阿木泰喜欢吃饭。”

“式辰。”娘亲说。

“式辰。”阿木泰说。

“式辰就是聪明。阿木泰长大了，做个聪明的孩子。”

“娘亲，阿木泰现在就做聪明的孩子。”

“索诺木纳木结。”娘亲说。

“索诺木纳木结。”阿木泰说。

“索诺木纳木结就是有福的人，阿木泰长大了，做个有福气的人。”

娘亲的手绣着彩色的花朵，阿木泰就长大了。

翩儿常常到阿木泰的家里来，向阿木泰的娘亲学绣花。翩儿和她的叔叔博尔济特是阿木泰家的邻居，娘亲说，他们还没搬到热河来的时候，翩儿的家已经在那里了，那时候，翩儿也和阿木泰一般，长得还没有一张炕桌高。那时候，阿木泰记得，翩儿长得比自己还要矮，两个人常常一起坐在家门前的矮凳上吃冰糖葫芦，听博尔济特叔叔讲故事。阿木泰不记得翩儿那时候是什么模样，只知道她的头上眉额间编着一圈小辫，总归至顶心结一根鹅卵粗细的总辫，拖在脑后。现在，翩儿不再梳许多的短发小辫儿了，头上只挽着个髻儿，像阿木泰的娘亲一般打扮。阿木泰不知道自什么时候起，娘亲没有再穿绣花的鞋子，而是穿上了靴子，翩儿的打扮就和娘亲的一模一样，她们两个人都穿靴子，穿斜襟的长袍，对襟的短褂；所不同的是，娘亲穿得素淡些，翩儿穿得明亮些。

翩儿和博尔济特叔叔都是满族人，不过，翩儿却有一个奇怪的名字，不像她叔叔，也不像阿木泰和他的爹爹娘亲。阿木泰的爹叫额木克，娘亲叫阿依吉伦，阿木泰自己就叫阿木泰，怎么翩儿叫翩儿呢？

“娘亲，怎么翩儿的名字好似纸鸢似的。”

“那是汉家姑娘的名字。”

“怎么满族姑娘要取个汉族姑娘的名字？”

“现在的满族人就是喜欢汉族的名字。你要不要我给你起一个，可以叫来牛什么的。”

“不不，我不要汉族的名字，我就叫作阿木泰好了。”

“满族、汉族，什么名字都是一样的。什么女真人、鄂温克人、鄂伦春人，五百年前同一家；将来，满族人、汉族人，说不定会五百年后同一族。”

不管娘亲怎么说，阿木泰仍叫作阿木泰，翩儿还是叫翩儿。翩儿很聪明，几乎像娘亲一般聪明，她绣的花也很精细，几乎就和娘亲绣的一般精细。翩儿并不绣荷包，她只到阿木泰家来学绣花的针法，描花样儿，然后绣些垫子。有时候，翩儿还替阿木泰的娘亲把绣好的荷包拿到火神庙大街去换脂粉回来。这几年，娘亲不用再整日整夜赶着绣荷包，自从阿木泰入了旗，生活已经好转，绣荷包不过是空闲时绣了玩儿，换些珠花插在髻上才做的。阿木泰能够入旗，还是靠博尔济特叔叔的提携，他是一个好心肠的老人，也是一名经验丰富的老兵。现在，阿木泰和他都在同一个佐领里。

阿木泰也常常到翩儿家去，他去找博尔济特叔叔下棋，听他讲那些永远也讲不完的英雄事迹。翩儿的家和阿木泰的家隔着一个小小的池塘，塘内长满了白色的荷花。翩儿住的屋子，和阿木泰家十分相似，也是草顶土房，屋柱直插地面，门向南开，堂屋里有灶，里屋三面有炕，南面、北面、西面都有窗，窗外糊纸。屋内的南炕由长辈专用，西炕墙上供祭祖宗板子。室内没有桌椅，有炕桌；吃饭时，大家围着桌子一起盘膝坐在炕上。翩儿家的院子里也竖索罗竿，和别的满族人一样，大家都拜祭天地山川和动物诸神灵。

阿木泰每次到翩儿家，见到博尔济特叔叔就抢上去屈膝垂手行打千礼，然后就和博尔济特一起盘膝坐在炕上下棋。阿木泰穿的衣服和博尔济特的一模一样，都是马蹄袖的袍褂，袖口窄狭，上长下短，马蹄袖口盖在手背上；袍两侧开襟，腰束布带，带上系小刀、匙、箸等日用品。满族人刀不离身，阿木泰坐在炕上，也没有把佩刀卸下。

博尔济特会下多种棋，包括汉棋、满洲棋和蒙古棋。下哪一种棋，要看当时的兴致。起初，两个人一见面总是先来一局满洲棋，也是以河为中界，各十六子，南北交争；满棋各子亦置将一、士二、象二、兵五。至于其他三子，能兼车马炮三用，故一交手，便可在敌境纵横驰骋，防不胜防；由棋局用兵观之，也可反映满族兵军之气概。阿木泰喜欢到翩儿家来，当然是为了可以和博尔济特叔叔下棋，但他还喜欢听他讲当年战场上的事迹。博尔济特少年时曾是黑龙江将军萨布素麾下的小兵，对于将军，他一直佩服得五体投地，认为将军是满族军士的典范，也是真正的英雄人物。

“那时候，博尔济特叔叔，你并不是住在热河这里对不对？”

“那时候，我家在宁古塔，是靠渔猎过活的。那时候，萨布素将军还没当将军，刚由骁骑校升为佐领，他把我们许多人编入八旗，给我们房屋、土地，连牛和种子也分给我们，叫我们种田。于是，我们都不再打猎和捕鱼，一面当兵，一面种田。”

“你见过萨布素将军吗？”

“怎么不见过，那时候，他常常和大伙儿在一起，看我们种田啦，看大伙儿修路啦，亲自练兵啦。那时候，他也还没有当上将军哪，不过刚由佐领升为协领，稍后，又升为宁古塔副都统。”

“什么时候才当上将军呢？”

“那就要到攻打雅克萨之后了，当时，都统等级的将领都不敢和罗刹人打仗，说什么黑龙江地势最远，输饷最难，不宜出征。可是，萨布素将军却坚持雅克萨可以攻下来，罗刹兵可以破，只要发三千兵就够了。”

“幸而康熙皇帝相信萨布素将军有勇有谋。”

“可不是。攻打雅克萨，我也在哪；萨布素将军亲自在前面指挥，骑在马上，身披甲胄，头戴闪亮的穗缨铜盔，大伙儿一见到他，就精神百倍，仿佛只要将军一出现，就一定是一场胜仗。”

“你上次说，皇上赐给将军一部书？”

“是呀，那场仗之后，皇上就升他为黑龙江将军，赐他一部《孙子兵法》。后来打败了噶尔丹，皇上下诏赞美他，说是‘将军第一’。”

门“呀”的一声给推开了，翩儿走了进来。她走到另一端的炕边，从一个小盒里取出了五彩的丝线和一个绣花绣架，然后转过身来，朝门外走。当她经过两个正在下棋聊天的人的身边，对他们浅浅地一笑，也没说什么，径自走出门外，带上了门。正在下棋的阿木泰，一面听着将军的事迹，一面深思着棋子的着落，并没有发觉有人走进屋来，当他缓缓地抬起头来，忽然看见翩儿浅浅的微笑，好像池塘里一朵好看的花一般。阿木泰从小和翩儿一起长大，常常嬉笑吵闹，天天见面，他可是从来没有觉得翩儿好像池塘里一朵好看的花。阿木泰呆了呆，翩儿已经步出门外。翩儿原来是一个好看的女孩子，这真是一种奇异的感觉。阿木泰心神恍惚，落下一子，博尔济特哈哈笑起来，这一局棋，阿木泰输了。接着，两个人下的是蒙古棋，棋局纵横八线，共六十四罫，亦各有十六枚棋，计为卒八、车二、马二、骆驼二、炮一、塔一。棋局无河界，随水草畜牧。

塔即是宗教，卒多为强，马横行六罫，骆驼横行九罫，因为在沙漠地方，骆驼比马强。众棋环击一塔，塔无路可出，则算败北。

博尔济特继续讲述当年的战事。这次，他描述的是如何追随萨布素将军，在半个月之内，征调伕役，检修船只，搬运粮米，准备军械，分乘一百条船，从瑷珲启程，溯黑龙江而上，先行抵达尼布楚，护卫前来签订《尼布楚条约》的索额图一行官员。由于有黑龙江将军坐镇，使团才安全地签订了条约，完成使命。阿木泰连败了两局棋，他并没有听见博尔济特后来说到皇帝亲征噶尔丹的战事：大军分中、东、西三路进军，萨布素将军指挥黑龙江、吉林乌拉、盛京及科尔沁蒙古兵为东路，出索岳尔济山，遏叛军东窜之路。博尔济特直讲得口沫横飞，但阿木泰的脑子里渐渐就消失了萨布素将军的影子，代之而浮现的，一会儿是一朵白白的荷花，一会儿是浅浅地微笑的翩儿。

眼睛。这些人都有很奇异的眼睛。这些人的眼睛，就像娘亲唱的歌：你的眼睛，像井，很深很深。自从佐领里选了阿木泰出来参加皇帝的秋狝，做一名哨鹿的人，阿木泰就准备好了马匹、鹿角帽和乌力安，拜别了娘亲，又去和博尔济特叔叔辞行，赶赴京师接受集训。阿木泰喜欢热河，他也喜欢京师。京师比热河大得多，也热闹得多。空闲的时候，他总是跑到市上逛。

“阿木泰，到了京师，娘亲不在身边，一切要自己保重。”娘亲说。

“娘亲，阿木泰会自己照顾自己的了。”

“到了京师，不要跟着那些浪浪荡荡的人斗蟋蟀、斗鹌鹑、迷蛐蛐儿。”娘亲说。

“娘亲，阿木泰不会的，也不会上茶馆、戏园和赌场。”

“到了京师，好好地练箭习马，不要荒废了武艺。”娘亲说。

“娘亲，阿木泰一定做个好旗兵。”

在京师，有趣的事儿才多哪，所以，阿木泰并没有去赌钱，也没有跟旗里的兄弟兵去泡在斗鸡场里。空闲的时候，他有很多次都宁愿留在兵营里，看别的兵士习武。阿木泰一直希望自己长大了做一名英勇的旗兵，像谁呢？不不，当然不是像博尔济特叔叔，他的目标最好是能够像当年的黑龙江将军萨布素；将来，人们回忆起来，或者就会想起他。人忆故将军。而将军，谁说不可能是阿木泰将军呢？要做将军，当然得先有一身好武艺。阿木泰最初学骑射，说来叫许多旗里的兄弟不信，竟是由娘亲教的。稍后，他才跟博尔济特叔叔学，直到入了旗，当了兵，就在军中习武了。不过，在军中能够学到的，也不外是些普通的兵法和阵式，真正的本领还得靠自己不断地钻研。所以，平日里，阿木泰总是细心观察别人怎样练武，看到了人家有什么殊异的才能，就记在心中。

为了秋狝行围，京师集中了不少旗兵的精英，都是弓马纯熟、刀术过人的好手。阿木泰每天瞧着大伙儿练习，得益不少。京师的兵营中，不但精兵云集，各类特别的兵团，也是别处没有的，譬如藤牌兵、火铳、水师，热河就没有。所以，每到藤牌兵操演时，阿木泰就什么地方也不去，只站在一边观看。藤牌兵都是福建人，讲的话很奇怪，阿木泰一点也不懂，阿木泰跟他们讲满族话，他们不会答；阿木泰跟他们讲汉族话，原来他们又听不懂。他们说的话，阿木泰也不明白。阿木泰在热河的时候觉得热河已经是个很大的地方，后来到了京师，才知道比起来，热河就像一座大山上的一块石头，而除了京师，还有许多地方，又有更多各种各样的说不同话的人。

阿木泰虽然没能够和藤牌兵用言语交谈，但大家还是交上了朋友，藤牌兵把藤牌拿给阿木泰看过，那是一种坚韧的藤盾，内外两面都用富弹性、柔软而结实的藤条编织而成，中间衬着绵甲，用刀砍在藤牌上，虽然可以砍出许多道印子，甚至斩断一些藤条，藤盾仍可以抵挡敌人，十分耐用。族里的一些兄弟还告诉阿木泰，如果用箭射中藤牌，箭扎在牌上，穿缝而入，洞穿了绵甲后，再也没有什么杀伤的能力。他们还说，从前，康熙皇帝还用火铳来试过藤盾，有一颗弹丸飞进了藤牌，竟留在藤牌编条和绵甲之间，藤牌几乎能用来抵挡火铳。藤牌兵操练的时候，都是数十个人一起练，每个人一手持藤牌，一手握大刀，既可以独自对敌，又可以联成阵势，列成密集队形，仿佛一座城墙，攻防的力量都很强，真是一支劲旅。当藤牌兵随着鼓声进退劈击或格挡，阿木泰的心也随着鼓声一下一下地跳动，他目不转睛地瞧着福建兵如何持盾防卫自己，如何在藤牌的四周扬起一片缭乱的刀光。

在京师，阿木泰除了结识了几位藤牌兵朋友外，还交了几位健锐营的旗兵朋友。所以，有时候，他就会到京师西郊香山附近的地方去看朋友们练兵。健锐营的兵士，以前都是云梯兵，是专门练习登高攻城的兵种。当年乾隆皇帝为了金川的军事久阵不决，就想到要利用一队云梯来进攻金川的碉堡。于是，在香山山麓下建筑了石碉来练兵，从八旗前锋、护军两营中选取壮健兵丁练得云梯兵二千人，从此成立了“健锐云梯营”。云梯兵的战略和藤牌兵又不同了，藤牌兵以藤盾作有利的掩护，可以攻守兼顾，而云梯兵的主要任务是攻城，所以不但要行军迅速，还要身手敏捷，攀梯登城如猿猴。阿木泰喜欢看云梯兵演习。香山附近住了很多云梯兵，大练兵场中有皇帝阅武的围城式讲武台，又有黄琉璃瓦的殿院，平日没有什么人，不像紫禁城一般门禁森严。

阿木泰喜欢到香山去，在这个地方，他不但可以看到云梯兵练兵，而且常常是在兵士们呼喝奔走、刀盾交接的时候，他忽然会抬头看见不远的山上飘起了一只风筝。淡蓝的天空中，有一只美丽的蝴蝶，扬散了双翅，扑扑地随风振荡，那蝴蝶是五色的，浮在无数的树梢上面。于是，干戈的声响渐渐远去；忽然，阿木泰仿佛回到热河，回到了家里。那飞翔的蝴蝶使他想起他的娘亲，想起微笑的翩儿。

在兵营里，阿木泰可以看见步队、马队、长枪队、短刀队、强弩队和藤牌队等的操练，他可是看不见火枪队和水师的演习。兵营里没有湖，火枪队又是由西洋人来打理，并不在普通的兵营。不过，阿木泰已经感到很满足了；况且，他并不想学如何用火铳。水师的演习，他能学的相信也不多，他又不会游泳。除了喜欢看兵士的演习外，阿木泰喜欢到大街上去逛。京师的闹市是如何地车水马龙呀，到处既有大官，又有乞丐；既有各种的小吃小食，又有满街不同的杂耍。阿木泰喜欢看杂耍。一到闹市，他就会挤到人群中去看看，今天又有什么人在耍刀棍，顶大缸。所有这些玩杂耍的人都有一套奇异的本领，真看得阿木泰目瞪口呆。譬如有一次，有一个人，站在场中心表演举重，这个人力大无穷，能够举起重逾千斤的石狮子，项颈又像铁一般硬，用刀砍也砍不进。其实这些本领许多玩杂耍的都会，但这个人却有一项更特殊的异能，他能够握住头上的头发，把自己从地面上提起来，双足离地。真是一个奇人。

在众多玩杂耍的人中，阿木泰最佩服的是一名耍绳技的人，这个人的走索方法，和一般人并不一样。别的人走索，是在地面上竖立相距约一丈的两支竹竿，然后把绳索平行系在竹竿之间，杂耍的人就在绳上走动、翻筋斗。但阿木泰看见的走索人，只在场中心竖立一根高数丈的木头，木头顶上斜斜地垂下一条长绳，钉在地面，玩杂耍的人手持一条横木，便从绳上走了上去，走到木头顶上。单用一只脚踏在木上，另一只脚跷着，就用这金鸡独立的姿势站在木头上唱歌。歌唱完了，才从绳上走下来。

有人说，还有玩绳索本领高超的人，连竹竿、木头都不用，只把粗绳一抖，绳便直立起来，那人手脚攀绳，很快就可以攀到绳顶。也不知如何用手一抖，绳索拔地飞起，大家抬头看着，只听着呼的一声，连人带绳都不知飞到哪里去了。阿木泰很想能够遇到飞绳无踪的玩杂耍的人，但是，他一直没看见过这位身怀绝技的艺人。也许是为了想见到他，阿木泰才绝不厌倦地到大街上来看杂耍。

为什么今年京师的大街上和往年有些不同呢？今年，是阿木泰第二次上京师来。他在前年来过一次，那时候，他也喜欢到闹市来看杂耍。那时候，他觉得玩杂耍的人就是玩杂耍的人；可是今年，情形好像有点不同。阿木泰觉得，当他挤在人群中，看杂耍的仿佛有些不是普通看杂耍的人，而玩杂耍的也有些不像普通玩杂耍的人。因为这些人，都有一双奇异的眼睛。

在人丛中，为什么一直仿佛有一双眼睛盯着阿木泰？当阿木泰站在玩杂耍的人的场边看那人举石狮子时，场子的另一边就出现了一双奇怪的眼睛了。那双眼仿佛不是来看杂耍，而是来寻找阿木泰的。当阿木泰看别人顶缸，人丛中又出现了一双眼睛；当阿木泰看走索的绳技，奇异的眼睛又在对面，那是一双很特别的眼睛。

娘亲唱的歌老是说，眼睛像井，很深很深。阿木泰以前一直不明白，怎么眼睛会像井；自从他忽然觉得翩儿好看，他就明白了，翩儿的眼睛不是像井么？不过，翩儿的眼睛像凉凉的柔柔的井，而人丛中的眼睛，深不可测，使阿木泰害怕。不过是短短的两年罢了，为什么都变了？甚至站在木头顶上走绳索的人唱的歌也好像和往年不一样了。那个人站在绳索的上端唱的是什么呀？

猎人啊，猎人啊

吹起你的乌力安

让森林里的大角鹿
跑过来，跑过来

猎人啊，猎人啊
吹起你的乌力安
把雪岭下的大角鹿
围起来，围起来

猎人啊，猎人啊
吹起你的乌力安
叫草原上的大角鹿
躺下来，躺下来

走绳索的人为什么会唱这么奇异的歌？他站在木头的上面，歌声随着风飘散，传到了阿木泰的耳中，阿木泰觉得那首歌仿佛是唱给他一个人听的，因为他听见的歌，唱的不是猎人啊，猎人啊，而是阿木泰。阿木泰，阿木泰，吹起你的乌力安，叫草原上的大角鹿，躺下来，躺下来。走绳索的人唱完了歌就从木头顶上沿着绳索走下来。咦，他也有一双奇异的眼睛，那双眼睛直瞪着阿木泰。好深好深的井呀。

* 木兰 *

“阿木泰，你上木兰去做什么？”

“我跟皇上去哨鹿去。”阿木泰说。

“你是一个哨鹿的人么？”

“我是一个哨鹿的人。”阿木泰说。

“有一头很大的鹿，我们想围猎。”

“一头很大的鹿？”阿木泰说。

“嗯，我们要围猎的，是一头很大很大的鹿。”

“一头很大很大的鹿？”阿木泰说。

“嗯，一头很大、很大的鹿。”

这个人是什么人呢，他有一双奇异的眼睛。他说的“我们”又是谁呢？他们都有一双奇异的眼睛吗？当阿木泰从人丛中看完了叠罗汉的杂耍走出来，就有一只大手搭在他的肩背上。阿木泰回过头来，只看见那是一个他并不相识的陌生人，手背上隐隐有一列刺青。那人对阿木泰微微地笑了笑，打了一个跟他走的手势。他有一双奇异的眼睛，是这双眼睛，叫阿木泰迷迷糊糊地跟着他走了。他是谁，是猎人吗？他说，他们想围猎，想捕获一头很大很大的鹿。猎人多的是，为什么不到猎人集中的地方去找围猎的射手呢？他们要找阿木泰，是为了捕鹿吗？

阿木泰这一阵可没时间参加任何人邀请的行围了，因为他现在已经要跟皇上去打猎了。

那个人问：阿木泰，你上木兰去做什么？他怎么知道自己叫作阿木泰，他又怎么知道自己要上木兰？或者，那个人认识阿木泰佐领里的兄弟，佐领里的兄弟都知道阿木泰是一个很好的哨鹿手，要跟皇上上木兰去。也是同样的原因吧，所以那个人问：你是一个哨鹿的人么？不但有人在热河认识阿木泰，到了京师，也有人知道他是阿木泰。

"阿木泰，你的名字是阿木泰吗？"

"我是叫阿木泰。"阿木泰说。

"不是的，你不是叫阿木泰，你是叫王来牛。"

"我叫王来牛？"阿木泰说。

"你可知道你娘叫什么名字？"

"我娘亲叫阿依吉伦。"阿木泰说。

"不是的，你娘亲不是叫作阿依吉伦，她是叫翠花。"

"我娘亲叫翠花？"阿木泰说。

"你爹呢？你爹叫什么名字？"

"我爹叫额木克。"阿木泰说。

"你爹也不是叫额木克，你爹是叫王阿贵。"

"王阿贵。"阿木泰说。

这个人是什么人呢？他有一双奇异的眼睛。他认识阿木泰的爹和娘亲吗？为什么他说自己不是阿木泰，是王来牛；娘亲是翠花，爹是王阿贵？许多细碎的往事忽然在阿木泰的脑中浮起来。他记得，很小很小的时候，娘亲果然常常唤他作“牛牛”；那么，他可能真的有一个名字，叫王来牛。有一次，他问娘亲，为什么翩儿的名字像纸鸢，娘亲说那是汉家姑娘的名字，也可以给他起一个，就叫来牛什么的……娘亲，娘亲可是叫翠花？阿木泰又记起来了，娘亲从前常常穿一双绣花的布鞋；后来，过了许多时候，头上才改为梳个两把头，脚上换上了靴子。也许，娘亲另外有一个名字，叫翠花。为什么娘亲会有另外一个名字，是像翩儿那样，喜欢有一个汉家姑娘的名字吗？像门神般一个长得高高大大的人会不会就是阿木泰的爹？娘亲说，爹叫额木克，是猎人，打猎去了，要打到了野兽才回来。爹可是一直没有回来。阿木泰知道，爹恐怕是不会回来了。爹是叫作王阿贵吗？那么额木克又是谁？娘亲从来没有告诉阿木泰关于爹的其他的事，也没有提起过一个叫王阿贵的人。

阿木泰跟着陌生的人离开玩杂耍的人群，愈走愈远了，他并不知道陌生人会带他到哪里去，他只是隐隐约约地感到，那个人的手中牵着一条和他生命有关的线索，跟着这条线走，就可以看清楚线的另一端的样子。那个人并不是满族人，看他的衣着打扮和容貌体态，显然是一个汉人，阿木泰的亲属朋友中并没有什么汉人，这一切都是一个待解的谜。

“阿木泰，你爹呢？”

“我爹打猎去了。”阿木泰说。

“你爹不是打猎去了。”

“娘亲说，爹打猎去了。”阿木泰说。

“你娘亲说，你爹打猎去了，要打到了野兽才回来，是不是？”

“娘亲说，爹要很久很久才能回来。”

“你爹是在煤窑中采煤，窑塌了，所以，永远也不会回来了。”

这么多年了，爹一直没有回来。阿木泰曾经想过，爹也许在森林中掉下了谷，也许打猎时受了伤，给野兽吃了。阿木泰一直相信，爹是不会回来的，一定发生过一些不幸的事情，所以，娘亲在他年纪很小很小的时候才常常哭。那时候，阿木泰的年纪才那么小。年纪那么小，爹一定已经不在了。是为了想念爹，娘亲才唱那些歌吧。娘亲的歌不是说：如果我说我想念你，我亲爱的额木克，你会知道吗？那时候，爹一定已经遭到了不幸，娘亲是那么地想念爹，爹可是什么也不知道了。

那个门神般高大的黑漆漆的人是爹吗？有一双奇异的眼睛

的人说，爹是在煤窑里给埋在煤下的，是因为在煤窑里采煤，爹才变成一个黑漆漆的爹吧。那么，阿木泰小时候是见过爹的，爹常常要抱阿木泰，阿木泰就哭了。那时候，娘亲总是说：阿木泰不要哭，阿木泰不要哭。爹也说，阿木泰不要哭。不不，娘亲和爹说的好像不是阿木泰不要哭，好像是：牛牛不要哭。到底是牛牛，还是阿木泰，阿木泰记不起来了，也许，他小时候真的是叫作牛牛，牛牛就是王来牛。那么爹也许真的是王阿贵。王阿贵，王阿贵，王阿贵是汉人的名姓。爹是汉人吗？

"阿木泰，你爹是汉人。"

"我娘亲呢？"阿木泰说。

"你娘亲是鄂伦春人。"

"鄂伦春？"阿木泰说。

"在黑龙江那边。因为你爹是汉人，所以你娘亲改名叫翠花。"

爹是汉人，娘亲是鄂伦春人，那么，阿木泰就是半个汉人半个鄂伦春人。佐领里的兄弟都以为阿木泰是满族人，他自己也一直以为自己是个满族人。以后，他该继续做满族人还是做汉人，还是，跟随娘亲做鄂伦春人？阿木泰觉得一切都变得混乱起来，如果能够立刻回到娘亲的身边就好了，如果能够马上回到热河去就好了。

阿木泰跟着陌生人，愈走四下愈荒凉，他也不知道到底走到了什么地方，只觉得头脑一阵阵昏乱。如果留在兵营里帮兄弟们洗马，也许就不会遇上这个陌生的人吧。如果到香山去看健锐营的朋友操练，也许就不会发生这样的事了吧。不过，奇异的眼睛已经跟踪了他许多天，一定不会轻易把他放过的。

佐领里的兄弟要是知道了阿木泰不是满族人，他还能留在满八旗里？还可以和娘亲一起在热河耕田种地过活吗？娘亲一定是为了让他可以留在旗里当兵，才把过往的事瞒着一字不提的。这些年来，娘亲可是一直独自一人默默地愁苦。难怪娘亲有时忽然会说：汉族人和满族人或其他人都是一样的，五百年前同一家，五百年后同一族。

“阿木泰，你是一个不孝的子孙。”

“我是不孝的子孙？”阿木泰说。

“父仇不报，是为不孝。”

“父仇不报？”阿木泰说。

“是，你没有替你爹报仇。”

“你刚才不是说，我爹是给压在煤窑下面死的。”阿木泰说。

“不过，你爹可是被人害死的。”

“是谁害死我爹？”阿木泰说。

“就是一头很大很大的鹿。”

"很大很大的鹿?"阿木泰说。

"就是我们正要围猎的大鹿。"

"到底是谁害死我爹?"阿木泰说。

"皇帝。"

阿木泰叫面前的一双奇异的眼睛给弄糊涂了，这到底是怎么一回事，爹不是因为采煤，煤窑塌了下来，给压在里面的么，怎么这个陌生人却说是给皇帝害死了呢?陌生人还说，整个中国，无数的汉人，都是给皇帝害死的；又说，所有的人，没有饭吃，没有田种，被那些贪官抽捐征赋，拉去当苦役，结果挨不过死了，都是给皇帝害死的。陌生人说，凡是汉人，都得给被皇帝害死的汉人报仇，而阿木泰，阿木泰得给自己的爹报仇。报仇，陌生人说，就是去把皇帝杀了。阿木泰听了这话，大吃一惊。去把皇上杀了，这可是大逆不道的事，这可是要给抓去杀头的事，要株连九族的事。阿木泰觉得，皇上是皇上，爹是爹，两个人可是一点也不相干的，这中间，怎么忽然会有什么报仇的事情跑了出来。对于爹，阿木泰的印象很模糊，对于当今的皇上，阿木泰还有点印象。

阿木泰是见过当今的皇上的。是前年吧，他也参加了木兰围场的打猎，他也是扮演哨鹿的人，穿上了鹿皮衣，戴上鹿角帽，手握乌力安。每逢哨鹿，皇上总是带很少的随从，一清早出发，因为侍卫少，所以，阿木泰才见得到皇上。皇上骑着高大的骏马，身边只有几名侍卫，皇上的衣服光闪闪，至于皇上的眼睛和鼻子是什么模样，阿木泰就看不清楚了。或者，因为皇上是皇上，阿木泰不敢正眼看。皇上可是一个箭术非常好的皇上呢，阿木泰看见过皇上射箭，箭法很准。当阿木泰吹起乌力安引得一头鹿来，皇上一面策骑一面挽弓，“飕”的一声，就射中一只鹿了。以前，阿木泰还以为皇上一定是个手无缚鸡之力的文绉绉皇上，原来还是个像萨布素将军似的人物。皇上身边的侍卫也都是第一把交椅的射生手，个个箭术精湛，能够一箭就射中野兽。那次的哨鹿，可把阿木泰看呆了。

替爹报仇，去把皇上杀了？皇上岂是那么容易给人杀得的。皇上自己的箭术那么好，身边的侍卫又都人人武艺高强。再说，一个普通人根本一辈子也休想见得着皇上，哪里还能去杀皇上呢。一个普通老百姓是见不到皇上的。一个普通老百姓，是无论如何见不到皇上的……阿木泰忽然有点明白过来，这么多奇异的眼睛，一直跟着自己，那一定是为了，只有阿木泰，因为他是个扮演哨鹿的人，才能够和皇上一起去打猎，才能够站得距离皇上那么近，而皇上的身边又只有很少的侍卫……

为什么这些人一定要杀掉当今的皇上？杀了当今的皇上果真能恢复汉家的江山了吗？恢复了汉家的江山之后，就一定能天下太平了吗？据外边的传说，以前的雍正皇帝可是给一个什么汉族女子刺杀的，皇帝驾崩后，结果天下仍是大清的天下，并没有变成汉族人的江山。那么，照这么看，把皇帝杀了，也不一定就能把江山改变。再说，从前不是也有许多汉族的皇帝吗？又不见得人民都活得丰衣足食，天下太平了。对于国家的大事，阿木泰是不懂得的，对于什么汉族和满族，阿木泰也不大懂。他只是八旗中一个微不足道的披甲人，他从小只知道该做一个勇敢的兵士，没想到现在却有人要他去做一些他做梦也想不到的事情，而这件事，他又找不到一个人可以商量。杀人不是一件不该做的坏事吗？为什么在他面前站着的这个人却又认为杀人才是一件对的事呢？因为爹是汉人，他就要站在汉人这一边把满族人杀了吗？他自己是皇上的旗兵，旗兵却去把皇上杀了，岂不是自己人去杀自己人？阿木泰真是愈想愈糊涂了。

大家都跑到幔城前面去看老虎，今天，皇上正在吃肉喝酒、听什榜看布库的时候，知道有老虎在五里外的蒙古营帐边搏马，立即就飞骑赶去了。皇帝大营中一阵纷乱喧闹，许多王公大臣、虎枪人也跟着皇上出营捕虎去了。大伙儿都不知道猎虎的情形怎样，直到日落了，皇上才和侍卫随从一起回营，猎得了一头大老虎，由骆驼负载归来。那是一头很大的老虎，就展列在幔城的前面让大家观看，老虎由头到尾，不算尾巴在内，一共长八九尺，毛是浅红色的，蹄粗三四围。虎虽然死了，却仍张大了嘴巴，露出白牙，眼睛也睁着。那是一头雌虎，倒在地上还十分威猛。猎虎的人都回来了，有人受了伤。因为猎得了虎，皇上回营的时候毫无倦容，骑在马上，精神奕奕。不过，什榜和布库都不再表演了，皇上回营之后就进了御幄休息，是在这个时候，猎虎的情形一点一点在大营中传开来。

“当时，跟着老虎一直追赶，经过了几个山谷，发现了一个虎窝，里边有两只小老虎。别看是小老虎哪，可凶得紧，人一走近，就扑了过来，一交手就伤了咱们一个兄弟。”

“虎父并不在，大概是出外去找吃的了。母虎因为记挂小虎，不肯离开，一直在虎窝的山洞附近徘徊，虎枪人穷追不舍，才得手。”

“大伙儿把虎逼到洞外，虎枪人发了两枪，所有的人把虎围住。皇上下了马，由两名侍卫护在两边，手中握着长柄的虎叉。皇上走上前一叉，就把虎叉死了。”

“皇上下谕，要在那处洞口的山崖上刻字留记，记载这次猎虎的大事，崖洞上的字还要用四种文字写，叫蒙古人、汉人、回人都看得懂，好知道皇上的神武。”

“那头老虎一共伤了咱们虎枪营三个兄弟，伤得最重的一个，皇上赏了他一支孔雀翎和二百两银子，至于其他的两个兄弟，每人得到赏银一百两。”

跑到幔城这边来看过老虎的人渐渐散去了，听到猎虎故事大略的人不久也能够把故事绘形绘声地用自己的方法描述出来了，皇帝驻跸大营的幔城内外渐渐恢复了原来的静寂和肃穆。侍卫们护立在每一幅黄幔之前，城门口列着官员和亲兵，整座大营，只听见旗纛在风中飕飕作响。

在主营外稍远的地方，却是另外一番景象。军民们因为空闲，无不做起各种习武的游戏，只见这边一堆人，那里一群人，有的三三两两，有的十数人，抹刀的抹刀，吃烟的吃烟，洗马的洗马，也有人仍在指手画脚，讲述猎虎的经过。有一群人在林间竞射，在树干上做个记号，各射三次，每次发三矢，共九矢。有人九矢九中，箭艺优娴者，大不乏人。有的人做的却是跳驼的游戏，牵来一匹八尺高的大骆驼，大伙儿一一在驼旁跃起，跃驼背跳过，到地仍然直立不倒的，获得一片喝彩。有的人跳不过，有的人跳过了摔了跤，又重新再来，围观的人愈来愈多，参加的人也更踊跃了。

在皇上面前演出的布库虽然停息了，但喜欢相扑的兵士又在这边摆起了架势，相对徒手搏斗，也被围成了一个圆圈，参加的人都换上了白布窄袖短衫，领及襟的地方都用七八层布密缝，坚固不易撕破，也可护体。有人在旁备酒，得胜的人都可得酒一大碗。

天色渐渐暗下来。终于，跳驼的人、射箭的人、撩脚的相扑者都一一散去了，空地上只见这里一点那里一点火光，三三两两的人开始围着炉火炊具进膳。阿木泰和连帐的几名兄弟也一起围着一个锅灶煮食。依照平日的行军方法，他们在地上竖立三块石头，中间堆满柴枝生火，石头上搁着一个圆锅，为了便于饮食，各人都把衣襟撩起束在腰间，或蹲于锅前，或坐在石上。今天，阿木泰和他的兄弟们并没有什么特别菜式吃，不过是煮了一锅猪肉白菜粉条。一面吃，一面还在讲皇上猎虎的事。不过，话题不久就转变了，因为明天有一场大规模的行围，各人的心皆牵挂到行围的种种事上去。

炉火一点一点熄下去。烟斗中的火却明亮起来，阿木泰并不抽烟，和他连帐的兄弟却没有一个不手握烟斗，呼噜噜地抽起来。而且，他们的话匣子一打开，也就没完没了。他们都不是新兵，不但参加过许多次打围，还打过仗，每个人都一肚子的作战经历，吐出来可以结成无数的网城。阿木泰以往一直喜欢听兄弟们的作战事迹。不过，近来，他什么都听不进脑，但又不能独自待在一旁，于是就不断地捞粉条吃。

“比起打仗来，打猎可轻松得多啦，打猎最多受一点伤，总能捕获许多野兽。明天晚上，咱们就不用再吃这个猪肉白菜粉条了，准定有香喷喷的烤肉。每次行围，还不是大大的一场野宴。”

“所以，提起上木兰来打猎，我就乐了，打猎是不同打仗，有谁听说上木兰打猎会丢了性命的？打仗就不同了，遇到了敌人，一场仗，总有上百的人活不成，至于受伤的，更不用提了。别的不说，单提这吃饭，打仗时吃饭，哪有现在这般的心情。”

“不用打仗就好了。听说，从今年起，每年就有一次打猎。以后，上木兰来的机会还要多，咱们当兵的能够多打猎，不打仗，要在菩萨面前多叩几个响头。”

“谁能担保不打仗呀，天下又不是你安排好的。现在虽然太平盛世，说不定，明年就要打仗了。那些汉人，你敢担保他们不作反？还有，那个罗刹国，听说很欺侮咱们住在边疆的老百姓。”

“老是要打仗，也不知什么时候才打完。若是不打呢，被那些汉人把咱们赶回长白山，怎么办？若是不打，被那些罗刹人杀过来，别说咱们满族人没个住处，连他们汉人也活不成。其实，汉人还得感谢咱们满族人哪，要不是咱们族人神武，替他们把罗刹人赶跑了，恐怕现在谁也没有饭吃了。”

“干嘛老说些什么满族汉族，如今这个中国就是咱们大清的天下，以后也是世世代代大清的天下，皇上万岁。明天大伙儿一起去打猎，待会儿，把弓箭好好地准备一下，看看马匹有没有喂饱吧。”

远远传来隐隐的鼓声。明天是大规模的行围，满八旗兵士分别围着他们的索罗竿做萨满祭祀。阿木泰放下了手中仍握着的碗，沿着鼓声走去，他经过一些散落的帐幕，经过帐幕间吃草的马匹，经过闭目休息的这里那里的骆驼。帐幕的外面，有人继续抽烟，有人收拾炊具，遛狗的人牵着犬只回来了。空地的中心竖立了一根索罗竿，那就是祭神的神竿，神竿的顶端是尖的，中段的地方有一个锡斗。神竿前放了一张矮案，案上放着一头活生生的猪。这头猪，远远看过去，根本看不见，不过阿木泰知道，案上伏着的是黑猪。跳神已经开始，因为除了鼓声，还有笛和月琴的声音。跳萨满的人，头上戴着神帽、挥着羽翎，身上系着腰铃，手持皮鼓，一面摇鼓，一面摇头摆腰。跳神的萨满跳一阵，念一段祝文，跳一阵，又念一段祝文，祝告神灵，赐给大家狩猎丰收。围着萨满的主祭人众，手里也握着神板和三弦琴，同时拍响拉奏起来，铃声、鼓声愈奏愈急，跳神的萨满也愈跳步伐愈快，直跳得昏昏醉醉，仿佛大神附在他的身上，才由主祭各人扶他坐在一边。主祭的人于是手握一杯酒，灌进猪的耳朵里。猪因此挣扎或者呼叫起来，主祭人大喜，就说：大神已经领受了他们的祭祀。不久，萨满醒转来，脱下神帽和腰铃。主祭的人把猪头割下来，挂在索罗竿的顶上；把猪的肠肚放在锡斗里，喂乌鸦；把许多的米撒在地上。上木兰行围的兵士每个人都携带一个小小的皮袋，里边放着他们自己信仰的各种神灵，既有避邪神、头痛神，也有虎神、野猪神、蛤蟆神等等，都是些木偶或画像，有的人就把这些神陈列出来，一起祭祀，预祝平安。

阿木泰并没有把他身上携带的皮袋取出来，他不知道他应该祝告些什么，祝告这次行围能够丰收吗？是怎么样的一种丰收？他不敢想。他只觉得，即使在围观跳神的群众中，仍有一双双奇异的眼睛，直瞪着他，仿佛他自己才是一个被无数人围猎的鹿，到底这一次上木兰围场来，哪一头才是真正的鹿呢？

除了满族的八旗兵外，蒙古的八旗兵也有他们的祭祀，他们不用黍米糟的曲酒，而用羊酒，祭祀时有时用猪，有时用羊。他们习惯以木瓠挂在树上，木瓠上画上耳朵鼻子嘴巴，当作人头，祭祀时把牲酒盛在木瓠的嘴巴上，酒脂涂得愈多，表示祖宗会赐愈多的福。阿木泰并没有过去看蒙八旗的祭祀。所有的人都希望明天的行围能够获得许多的野兽，只有他一个人觉得，狩猎是一场残酷的游戏。

满天星。

在热河的时候，阿木泰吃过了晚饭，常常会端了小矮凳坐在家门口看星。起初，总是娘亲和他两个人。在门口看星的时候，娘亲不再绣花了，她会给阿木泰讲故事，关于星的故事，有一颗星叫牛郎，又有一颗星叫织女，在天河的两边。满天的星，尤其是秋天，星特别多，所有的星都闪耀，发出银白的光。那时候，娘亲也不知道哪一颗星是牛郎，哪一颗星是织女，阿木泰抬起头，不明白星为什么会挂在天上，星的故事是那么遥远。稍后，坐在家门口一齐看星的人除了娘亲外，还有博尔济特叔叔和翩儿，翩儿喜欢数星，伸着手指数着一二三，每次数到二十就数错了，于是又从头数。博尔济特叔叔对于星又有另外的一些故事，他说，每一个人都有一颗星，人活着，星就亮起来，人不在了，星也会消失的；达官贵人的星大些、亮些，老百姓的星小些、淡些，天上的天河就是老百姓的星聚居在一起。

木兰围场四周空旷，天空像一个倒转了的大海碗，星垂得更低了，不过，银河仍是遥远的。阿木泰依旧不能辨认哪一颗星叫牛郎，哪一颗星叫织女，但星的故事隐隐地长出枝叶，蔓延在他的体内。那两颗故事里的星，仿佛就是他的娘亲和爹，如今又仿佛变成了他和翩儿。阿木泰还仿佛看见有一颗星，渐渐移动，将要消失，那颗星一直向更远的一片黑暗中飞进去，愈去愈小，愈飞愈远，那颗星，就是阿木泰。

阿木泰住宿的这一座帐幕内一个人也没有，只有他自己，今天晚上，同营的弟兄们都要去值夜，有的去放哨，有的到连城边去值班，他们留下了阿木泰休息，是因为明天一早他就要早起随皇上出营哨鹿。把阿木泰留在营帐里本来是为了让他早些好好休息，可是，阿木泰却一直睁大了眼睛。他躺在帐幕内的席褥上，也没盖被，和衣而卧，连靴帽都没有脱下，只把一把佩刀压在枕下。他的头卧在帐幕的入口，从撩挂着的帐幕隙口，他可以看见围场整片秋夜的晴空，低垂的星几乎可以随手采摘。

四周一片静寂，夜已经深了，附近的连帐内一点声音也没有，阿木泰可以听到的是起伏的鼻鼾声，夹着秋虫的鸣叫。连帐这一边也没有一丝灯火，远远看过去，主营内城那边透出一片金黄，黄幔上映着值夜侍卫巨大的投影。明天一早要去哨鹿，皇上大概已经休息了。主营内的灯火，是连宵通明的，几座蒙古包仿佛天上的星一般明亮。四周这么静，所有的人一定都疲倦了，才这么轻易熟睡吧，今天的一场大行围，即使是老虎，也该累了。

今天，从早上起，每一个人都那么地兴致勃勃，骑在马上雄赳赳，气昂昂，只有阿木泰心绪不宁，但他不得不勉强打起精神，跟着大伙儿一起列队行围。依照传统的习惯，行围是要把野兽围在中心，于是，上千的精兵密集在一起，排成一道防线。每一匹马和另一匹马紧紧并列在一块儿，马上的兵士几乎肩并肩；这一道大防线直穿过丘陵和树林，逾越低地和草丛。好大的一个围圈，像一个敞开了大口的布袋；然后，布袋愈缩愈小，许多野生动物给赶进布袋里来，袋口也渐渐地合上了。

阿木泰站的地方是在一处小丘的树间，他并没有像其他人一般地欢呼吆喝，也没有兴高采烈地观看猎兽，这一切都仿佛和他无关。他本来喜欢狩猎，喜欢当一名英勇的兵士，喜欢看别人如何驯马，但现在，一切都变得没有意义，他只是跟着两边挤立的围墙一起进退，他觉得他真的像整座围墙里的一块石头。从布袋口飞越前来的动物有牛，有马，有鹿，都是整群整群的，还有单独的一只只雉鸡、兔子、獐和野猪，射生手纷纷冲入动物群中追踪发射，阿木泰看见中了箭的动物奔跑、倒下、翻滚、撑腿，兽鸣声、呼喝声、马蹄声混成一片。阿木泰骑在马上一动也不动，他觉得他是真的变成一块石头了。

皇上在极远的一个角落上，阿木泰看不很清楚，皇上和几名侍卫在那边追射一头跑得飞快的动物，动物被迎面而来的亲兵截回了头，于是，皇上一箭射中了动物。不错，是皇上射中了动物，因为四下里一齐响亮地爆了一声喝彩。皇上获得了野兽。每次上木兰来，皇上一定能够获猎无数的动物，得到所有亲兵的喝彩。皇上追猎的好像是一头鹿，因为没有别的动物跑得像鹿那么快。如今，皇上仍在围场上的中间，围场又收紧了一环。围圈中的动物渐渐稀少，倒在地上的动物渐渐增多，许多射生手贴着围圈策骑，围圈又缩小了一些。阿木泰现在可以看见皇上在追逐另一头鹿，皇上的坐骑是一匹黑乌骢，金鞍闪闪生光，佩刀的柄、马络、箭囊、箭镞、弓弦，无不在阳光下骤生华彩，皇上的坐骑跑得飞快，不久就掠过去了。那么快的马，仿佛不是马，而是一头鹿。阿木泰忽然觉得皇上也是一头鹿，在围圈的中心奔跑。有一个极大极大的围圈，扩散在全国各地，这围圈渐渐收紧，要把鹿围在中间。皇上知道自己也是一头大鹿吗？

在行围的时候，阿木泰并没有碰见奇异的眼睛，他只看见奔走的野兽，围圈对面的眼睛太远了。不过，早几天，奇异的眼睛一直没有停止出现，一次是一名遛狗的人，一次是一名洗擦骆驼的脚伕，一次是一名肩上立着一头鹰的护军。到木兰来的兵士，不都是经过小心挑选过的吗？不都是皇上的亲兵吗？怎么这里边却有那么多奇异的眼睛。奇异的眼睛只是一直跟着阿木泰，并没有一个陌生人前来和阿木泰说话。他们不用他去替爹报仇了吗？他们放弃他了吗？为什么他们都一声不响，只跟着他？阿木泰不知道他们的计划，不知道他们要他做什么、怎样做。但他们随时会走到他的身边来，告诉他明天应该做什么。阿木泰出外哨鹿，通常只带鹿角帽、鹿皮衣、乌力安，和自己的佩刀，他们要他怎么替爹报仇？手操佩刀跑上前去行刺皇上？那么，他一定还没有踏上五步路就被皇上的侍卫擒下来了。

是因为心里有那么的一块大石头，阿木泰才觉得自己已经变作石头了。行围之后，围圈之中猎得的动物真是不少，所以，晚上到处都在烧烤野味，主营和外营无不火光熊熊，香味一直传到许多里外。前来传驿的信使说，他在半路上已经知道行围大丰收。阿木泰以为在大伙儿烧烤肉食的时候，在他的前面会出现一双奇异的眼睛，结果仍然没有。围着烤火的兄弟都吃得津津有味，刀刃上流下浓油来，满嘴都是脂肪，阿木泰却是食而不知其味，匆匆割了几片肉就收了刀，说是不想吃太多，怕吃坏了肚子，影响明天的哨鹿。

不知道为什么，围场上晚上忽然燃放了烟花，以前，放烟花都是安排在行围最后的一天，而且，通常要留待回到避暑山庄在万树园燃放，这个晚上，却无端放起烟花来。营里的兄弟都说，今天的行围，获得了无数生驹，其中有几匹名种，所以皇上特别愉快，下令燃放烟花。阿木泰小的时候也常常看烟花，虽然住在热河，但热河是皇上每年前来的地方，即使不上木兰围场打猎，皇上也会上热河避暑。皇上在热河的时候，热河的老百姓都可以看到烟花，一朵一朵的五彩花，下雨一般从天空散下来，只要有烟花看，大家都把天上的星忘了。

烟花升起来的时候，烧烤的炉火都已经熄了，只有吸烟人的烟斗闪着一点儿火光，人们站在树下或坐在帐幕前抬头看那瞬息万变的火树银花。有人认为军人的一生，就得像烟花一般，抛头颅，洒热血，然后归于黑暗；也有的人觉得，当兵的也该有一些舒泰的日子，就像目前，秋狝行围，燃放烟花，但愿天下太平，永无战争。阿木泰看着烟花一圈一圈吐散，烟花真是好看，他觉得，世界上原来有那么多好看的东西，但是，他还能活多久呢？他是这么年轻，就像烟花，可以发出许多的光彩。可是，他隐隐地知道，他是不会像烟花一般闪亮飞扬的，却只会像烟花一般迅速地消逝。

奇异的眼睛还没有出现。烟花冒了一大串吉祥的祷语就停绝了，于是人们纷纷回到各自休息的地方，同营的兄弟们前去值班，留下阿木泰一个人在帐幕里。明天，明天将是怎样的一个日子？娘亲现在在做些什么？她一定已经睡了，每天，娘亲一定数着手指，看阿木泰哪一天会回去。博尔济特叔叔也会盼望阿木泰回去的，阿木泰上了木兰，就没有人可以整天和他下棋了，他的远征的故事也没有了听众。翩儿呢，她也睡了吗？翩儿会想念阿木泰，盼望他早日回去吗？

阿木泰是不会回热河去的了。阿木泰知道，这一次，他是不会回去的了。对于自己的命运，他忽然觉得无话可说，但他感到难过，因为他不能再回热河，娘亲将怎样呢？一个汉人入了满八旗当兵，阿木泰能够入旗，还是博尔济特叔叔帮的忙，这一来，不但娘亲和自己不能出脱，还连累了博尔济特叔叔和翩儿两个人。

阿木泰和皇上可是无冤无仇，但是，如果不照陌生人的话去做，他们一定会把他是汉人的事传出去，事情传了出去，他一定完了。如果照陌生人的话去做，他能脱身吗？他一定也是完了。况且，阿木泰一直觉得当今的皇上也不像一个坏皇上，老百姓痛苦，也不是只在当今的皇上当皇帝时才痛苦。如果不是当今的皇上威武神勇，兵强将多，外邦的罗刹人不是要打过来了吗？博尔济特叔叔也常常说，当年住在宁古塔，就有许多人受过罗刹人的欺侮。

若是皇上死了，汉人会当皇帝吗？如果汉人当了皇帝，阿木泰是满八旗的旗兵，汉人会放过他吗？娘亲是鄂伦春人，还能在热河定居吗？或者，若是皇上死了，罗刹人会乘乱打过来吗？到那时候，不论满人、汉人，都没有好日子过了。若是皇上死了，皇上会死吗？明天，到明天就知道了，不管皇上怎么样，阿木泰只知道，他是永远也不能回到热河去见娘亲、博尔济特叔叔和翩儿了。

一双奇异的眼睛闪进帐幕来了，奇怪，这个人穿着满族的官服呢，头上还拖着一支花翎。他把一根乌力安从一块布中抖出来，递给阿木泰，那是一管看来很普通的乌力安，就和阿木泰的那管一模一样。阿木泰记得，他自己的乌力安，木纹上有一个疤结，这管乌力安竟做得一模一样，仿佛是他抛失了自己的一管，让别人捡得了送回来。不过，这管乌力安比他自己的那管重。

“哨鹿的时候，照样使用好了。”

“照样使用。”阿木泰说。

“如果皇上射中了一头鹿。”

“如果皇上射中了一头鹿。”阿木泰说。

“对准那头倒下的鹿，要对准。”

“要对准。”阿木泰说。

“用力按乌力安这个地方。”

“用力按。”阿木泰说。

“知道了吗？是按这里。”

“里面是什么？弹丸吗？这可是火铳？”

“里面是针，不会响的。”

“不会响。”阿木泰说。

“要把针射进鹿的身体里面去。”

“把针射进鹿的身体里面去。”阿木泰说。

陌生人留下乌力安就走了。阿木泰有许多话想说，却没有机会。把乌力安裹藏着的针，射到鹿的身体里去，针这么小，又不会发响，一定没有人知道。这个乌力安这么重，一定是里边有机关。里边的针要射到鹿的身体里去，一定是……针的上面有毒。哨鹿的时候，只要皇上射倒了一头鹿，侍卫们就会赶忙抢过去，把鹿的咽喉割开，用一只碗盛满一碗鹿的鲜热的血给皇上喝，据说，喝了鹿血，可以延年益寿。皇上亲自射倒鹿，看着鹿血滴在碗里，随侍的又都是皇上的亲信……

天上有一颗特别亮的星。博尔济特叔叔说，大人物的星都是又大又亮的，那颗星是皇上吗？这么亮的星，皇上一定洪福齐天，阿木泰的心沉下去了，有好大的一块石头把他的心不知道坠落到什么深渊去。阿木泰在褥席上转了一个身，面对帐幕的裂口，星们跟着他也仿佛移转了一下，不久又都一动不动的只在闪烁。

陌生人说，国家有许多的人受苦，责任要归皇上一个人担当。阿木泰不明白，为什么一个人可以操纵千万万人的命运，如果没有皇上可不可以？一个国家那么大，总得有人做事、管事，总得有个皇上吧。没有了皇上，谁来打理国家大事呢？陌生人说，遇上好的皇帝，人民的生活就可以安居乐业；遇上不好的皇帝，人民就苦了。可不可以永远有一个好皇帝，可不可以不要坏皇帝？以前好像有些皇帝是禅让的，譬如尧、舜那些皇帝，听说，他们都把自己的帝位让给贤能的人，这种禅让的事不知道真不真，大概是传说也说不定，如果做皇帝的能把皇位传给贤能的人就好了。

一个不好的皇帝，人民又不想让他当皇帝，怎么办呢？大概就只有杀了皇帝，或者一群人起来造反了。除了杀皇帝和造反之外，还有什么方法吗？皇帝的问题真是一个大问题，阿木泰也不明白其中的奥妙，就像阿木泰并不明白天上为什么会有那么多的星。阿木泰的枕头底下是他的一把佩刀和一管沉重的乌力安，明天，他应该带这管乌力安去哨鹿吗？阿木泰觉得这管乌力安愈来愈可怕，仿佛在他的枕头底下潜伏着的是一尾毒蛇。明天，如果他把这管乌力安带出外，当他吹响乌力安时，会把里边的细针吸进自己的喉咙吗？那些针到底在什么地方？阿木泰觉得自己的咽喉隐隐地作痛，仿佛有一枚极细的针刺在里面，针上的毒液随着他的热血漫行。他忽然想起娘亲、博尔济特叔叔和翩儿，他再也见不到他们了。娘亲常常唱的歌儿竟隐隐在阿木泰的耳边浮起来：如果我说我想念你，你会知道吗？这么夜，娘亲、博尔济特叔叔和翩儿都该睡了，他们都不会知道阿木泰如此思念他们，阿木泰看见天上的星突然模糊，仿佛所有的星一起在河中游泳。阿木泰忽然听见娘亲的声音：阿木泰不要哭，阿木泰不要哭。

女真为蒙古人种通古斯族之一系，三千年前生活于长白山、黑龙江一带辽阔的地区，以部落形式聚居，经内部的逐渐并吞分裂、游牧、天灾等因由，遂分为海西、建州及野人三大部。海西女真向居松花江南岸及哈尔滨以东，阿什河流域一带；建州女真则依长白山北部、牡丹江、绥芬河流域聚居；野人女真群居松花江北岸及黑龙江两岸。海西女真即叶赫、哈达、辉发、乌拉，统称扈伦四部；建州女真即满洲部、长白山部；野人女真则为东海部。诸部皆善驰猎，以捕猎为生。

初女真法律吏治，别无文字，刻木为楔，谓之刻字，赋敛调度，皆刻箭为号。凡遇行师出猎，不论人之多寡，均依族寨而行，各出箭一支，十人中立一总领，其余九人属总领行事，总领名曰牛录额真，即大箭主。于围猎时，或采行围制，或采合围制。若以数百人分入山林，围而不合，谓之行围。出猎之时，各族人丁执弓箭射猎，十人之长的箭主领导众人前行发令，箭主一般为精于狩猎、富经验之长者，亦为血族部落中所熟知之人，围猎所得，皆各族分摊。于围猎时，若采合围制，则动辄上千人，譬如蒙古科尔沁等诸藩部落，年以一千二百五十人为虞卒，谓之围墙，以供合围之役。中设黄纛，为中军，左右两翼以红白二纛分标识志，两翼之末称乌图里，各立蓝纛以标识志，皆听中军调制。凡管围大臣，皆王公大臣领之。合围之阵势，中军黄纛处称围底，两翼红白二纛处称围肩，围场之末端处称乌图里；围肩又分左围肩及右围肩，乌图里亦分左乌图里及右乌图里。部落参加合围时，中军黄纛处置汗，红白蓝各旗处置部落之长，一般的族长、乡长则当猎人头目，普通的部落壮丁则为猎人。起初为合围而设之旗色，原为辨别围底、围肩、乌图里之用，故有黄白红蓝四色，稍后改用旗的大小来区别，并将原有黄白红蓝四色号之为八色，成为八固山，即八旗。

八旗制度乃源自狩猎，后编为兵制，于狩猎时，大箭主之牛录额真原为十人之长，改为每三百人立一牛录额真，每五名大箭主立一甲喇额真，即左右翼前锋，每五甲喇立一固山额真，即旗主，旗主左右立梅勒额真，即围肩之主。清帝入关之后，所有额真变为官爵，甲喇额真为参领，固山额真为都统，梅勒额真为副都统，牛录额真为佐领。清初建旗辨色，始建两翼，后归附日众，乃析为八，本部所属者为满洲，蒙古部落迁入者为蒙八旗，汉人入旗者为汉八旗，合为二十四旗。每旗设都统一人，副都统二人，参领五人，佐领无定官，以百丁为准，佐领下设总骑校一人隶属。镶黄正黄居都北，次两白，次两红，次两蓝，皆环拱禁城城池。卫署仓库，以骁骑兵镇守。各于禁门外置公厅，都统、副都统更番值宿。

八旗为清之基业，皇帝每岁春秋阅兵。于阅兵时，皇帝亲御甲胄，巡阅营队，集八旗将士演阵法。汉军火器营左翼四旗，以次而东西上，右翼四营以次而西东上，每旗鹿角二十，步兵八十，引旗四人，长枪手二十；鹿角旁列炮十，鸟枪百，藤牌百，炮兵三十人，御炮兵车百人，纛十，执纛兵三十，小旗二十，负旗将士二十，红旗二十，麾旗二，金五，鼓一，鸣金兵十，海螺五；每旗参领三，散秩官骁骑校十，每翼都统二，副都统每旗各一。满洲火器营左翼四旗在汉军左翼，左右翼同；鸟枪兵百二十，护军百二十，总统五，每旗纛兵二，执纛四，海螺十，金五，鼓一，委传宣官八。演阵法时，金下，麾旗者扬旗，鼓声大作，鹿角兵前进，分队而立，藤牌兵跃舞作斩虏状，分合如法，三作而退；鼓声一进，鸟枪兵列队而进，枪声齐发，扬旗者落旗，金声初奏，枪声顿止；俄而擂鼓如前，麾旗者扬旗，枪进如前，如是者九。连环枪声，满洲前锋护军乘马者自两翼出，彼此奔驰，三军作冲围状，盘旋数次，枪止乃已；金声再奏，八旗骁旗兵冲阵而出，海螺画角齐奏，传宣官呼收兵者三，军士咸顿首欢呼，再叩而退。于演习时，将士均衣素色，不着戎胄，与临阵有别。

日丽晴空，木兰围场的皇帝驻跸大营外十里之地，已围集了数千精兵，均策骑不动，静候皇上发号施令。草原上林木郁郁，视野无限广阔，秋凉时分，金风劲吹，直掠得马尾扬散如同柳枝，旗纛在空中扑扑作响；围场上虽聚结了如许多将领及禁旅八旗精兵，却鸦雀无声，只有风声、旗纛翻飞声，以及马匹之嘶鸣。

乾隆策骑立于草原的一座小丘上，身处中军黄纛位置，小丘之下为密集之围底护军，于围底两旁，左右两翼排列起整齐的白红双翼围肩，于围肩极端，蓝翼扬处，为围肩的前哨乌图里，各有侍卫三人率领驰行，只要合围号令一发，即深入草原林间进行围猎。数千的兵士都仰望着立在小丘上的黄龙旗，他们看得见皇上的身影，即使皇上的身后并没有侍卫撑着一把曲柄的龙盖。

迎风招展，围肩的前哨乌图里，由向导大臣率领大军举起蓝旗，向左右两翼分别连骑鱼贯深入山林，但见蓝旗愈去愈远，愈行愈疾，消失在一片茫茫的林海中，围肩两侧也渐渐扩散延展，随着蓝旗过后，是一片红色白色的旗纛在左右两翼翻飞，静寂的草原忽然翻腾起来，到处是马蹄的响声，兵士的吆喝声，还有远处林间野兽的嘶叫。围底的这边虽然缓缓伸展进行，却是秩序井然，骑阵整齐，但在林间的远处，却见隐隐约约的众马奔腾，尘浪滚滚，也不知围底的前哨到达了什么地方。

乾隆身处的小丘，是草原上的一处高地，这是临时设立的一处看城，让皇帝可以居高临下，指挥合围狩猎的进行。天气晴朗，乾隆的心情十分舒泰。早一日，他已猎获了一头大虎，虽然是一头雌虎，总算是不虚此行，如今合围，倒不必斤斤计较是否有虎了。立在小丘上，乾隆并不能凭自己的眼力极目最远的景色，但他的手中有一管望远镜，这是西洋传教士带到中国来献给皇上的礼物，住在紫禁城中，乾隆很少想起望远镜，只有离开了京师，他才记起这件奇异的能放大景物的镜子。树枝上的松针透过望远镜变得十分清楚，连松树上的环节乾隆也可以看得清清楚楚。树上有一头栖息的彩鸟，乾隆也可以看见它的羽色，看见鸟儿侧着头倾听一些什么声音，然后扑翼飞起来。透过望远镜，乾隆还可以看见远处草丛中奔跑的野兔，看见围猎的将士飞马掠过溪涧，看见阳光下金光闪闪的马鞍、马镫、佩刀和箭镞。望远镜是一双锐利的眼睛，乾隆想。西洋人能够做望远镜，当然也会做其他许多锐利的事物，譬如火铳、兵船、大炮。如果西洋人能够做更厉害的兵器，说不定有一天就会漠视天朝的威武了。虽则如此，乾隆并不畏惧，大清不是也有火枪营吗？不是也有大炮和兵船吗？对于西洋人，乾隆并不畏惧，他自信兵强将勇，况且，西洋，西洋还远在十万八千里之外。不过，对于作战行军，望远镜倒是一件有用的事物，出征的将领似乎应该每个人都有一管望远镜才是。除了望远镜，今后作战，不但要多训练骁骑，还该重视火枪营，乾隆想。为了制造火力更猛的火器，乾隆曾下谕令研究火药的威力，不知时下结果如何？何不借围猎庆功，燃放烟花，一则与民同乐，一则也好观察一下火药的功能已达到什么地步。

一个方圆数十里的大包围圈渐渐缩小了，左右两翼已经圈接起来，乾隆不必再用望远镜，也可以看见红、白的旗纛在围阵中移近，连远去得消失了的蓝旗也重新出现，回到围阵中来，围底和围肩相接在一起，分散的策骑者一个一个贴近，乾隆但见漫山遍野升起一道活的长城，这城愈近愈坚固，起初还可以看见城砖和城砖之间的空隙，然后，砖块和砖块并列在一起，城墙围困得水泄不通了。这是打开了城门的一座城，围城的三边都由精兵并肩坚固地连成一道防线，东翼、西翼和围底的交接处也合了缝，形成一个凹字形。在敞开口的地方，奔跑的、跳跃的、嘶叫的、狂窜的野兽一群一群给赶进围圈里来了，各式各样的野兽，灰色的、褐色的，大的、小的，成群的、单独的，被四散的骁骑从草原的每一个角落惊醒、追逐，沿着围场的通道赶到围圈里来，刹那间，仿佛大地震荡，整座森林像着了熊熊的烈焰。

乾隆站在看城的高处，下令指挥，对于那些极端凶猛的野兽先命令虎枪手用排枪射击，把动物射伤，不让它们突破围墙，伤人而去；至于其他的动物，则把它们赶至看城附近，由巡驰的精兵围聚在一处，不使走散。但见将士们扬弓搭箭，跃马挥刀，在围圈内截逐兽只，而围圈侧处则旌旗招展，号角齐鸣。无数的野兽被赶进围圈里来，黑压压的野兽，既有梅花鹿、野猪、野兔，亦有獐子、野牛、野马，间夹着一些雉鸡等花斑斑的野禽。动物在围圈中狂冲猛撞，试图突破围墙向林莽逃逸，但每次都被围城边的兵士截回，于是又朝另一个方向挣扎，也遭到了同一的命运。有的动物在围圈中不停冲刺，有的动物则停了步，静止下来四周观望，也有的动物挤在同类的中心，不知道发生了什么事，睁着惊讶的眼睛。在围圈内的地面上，已经有一些动物受了伤，倒卧一边，也有的跛了足，哀叫低鸣。这由精兵列成的围墙真的是固若金城，乾隆站在看城中观望，觉得大清的兵力果然不弱，既是兵精将勇，还怕他什么罗刹鬼子。在乾隆的眼中，自围圈的入口处涌进来的仿佛不是一群一群林中的野兽，而是远处边藩不断滋事叛变的罗刹兵和达瓦齐。是的，将来，乾隆就要用兵把他们围在围圈中，也好叫他们知道大清天子的兵威。于是，皇帝亲率诸皇子进入围圈，只见数匹骏马纵步场中，随侍的护军左右卫翼。皇帝举目四望，看见一头矫健的麋鹿，于是策骑追赶，众侍卫在后屏障式推进，另有数名护军飞骑在前拦截兽只。但见皇帝动如脱兔，乌骢马金鞍闪闪，似箭而去。皇帝在马上扬弓搭箭，弓弦响处，那头麋鹿应声倒地，四下轰地爆了一声亮采：皇上神武。

乾隆本来精于骑射，一箭中的，普通事而已，在围圈中牛刀小试，倒也觉得武艺没有退步，认为自己仍然宝刀未老，不免有点沾沾自喜。于是，这头由皇上在围圈中亲自射猎得的第一头猎物，立即由专使快驿送至京师奉先殿祭祖。皇帝同时亦下令各人可自由射猎，于是围圈内的皇子、王公大臣纷纷四散追猎心目中的目的物，并且尽力在皇上面前一显身手，以期得到皇上的赞誉和赏赐。围城虽固，但也有些野兽硬闯而出，侥幸逸出的野兽即使逃出了围墙，其实也不能重返树林，因为围墙还有第二线的射生手伏击，而且，野兽一旦出了围圈，任何兵士都可以随意射猎，更加走投无路了。渐渐地，夜色苍茫，夕阳西下，围圈中还有大量的野兽，于是，皇帝下令围开一面，任它们逃生，这些动物才是真正能够回返旧园的幸运儿。

木兰秋狝，没有一次合围不是凯旋的，将士们用骆驼和马匹负载猎物高唱凯歌回营，今儿晚上，大伙儿都有一顿丰盛的烧烤野宴了。狩猎到底是和打仗不同的，打仗当然也有胜利的时候，大伙儿的高兴自是不消说，但即使打了胜仗，点数起来，总有若干兄弟抛了性命，又有更多的兄弟挂了彩。而且，有时候，打仗会输，运气不好，战略不佳，说不定会全军覆没，哪里像狩猎，大规模的合围，总是猎人赢。譬如这一次，皇上又赢了。

烟花升起。烟花都是从树林的枝叶间升起来的，仿佛树林里蕴藏着无数璀璨的花朵。这些花朵，白天里静静地眠息在绿叶底下，到了晚上，才醒来，才从树间绽放，冉冉地飞升，散放一圈一圈彩亮的花瓣，然后落回树梢。草原上的烟花显得更远更鲜明，色彩也更浓艳。

乾隆静静地观看烟花的升势和去向，他并不注意一圈烟花里冒出多少圈烟花，也不理会花朵的形式，更不关心火焰幻化出来的“皇恩浩荡”和“普天同庆”，乾隆只在想：这烟花是否升得比过往的更高，去势是否更强劲。所有的王公大臣都在赞叹烟花的艳丽和变幻的多姿多彩，只有皇帝一个人的思想从烟花飞到更远的地方，从木兰围场，一直飞，飞越京师黑漆漆的天空，飞越灯火辉煌的紫禁城的金黄色的殿顶，皇帝的思路继续飞行，直飞到京师近郊的卢沟桥。每年春秋阅兵，皇帝会亲临卢沟桥观看演炮，自圣祖仁皇帝以来，清帝无不对演炮十分重视，康熙皇帝曾以炮声与雷声相比。普通一次的雷鸣，约震响七至八里，一般来说，方圆一百里外的地方，就听不到雷声了；可是炮声并不同，在深山里鸣炮，足以使山鸣谷应，声震数百里，在三百里外也能听见。卢沟桥的炮声，在天津也可以听到；反过来说，若是在天津响起了炮声，紫禁城中也能够听得见了。大炮的威力，真是不容忽视。

除了炮声，还有什么使人更感震惊的呢？据说，当年曾使紫禁城鸡犬不宁的是一场地震。地震比炮声更可怕吗，可怕到什么程度？乾隆并没有遇上地震，不知道地震起来真正的样子，但他知道那是一种可怕的现象。圣祖仁皇帝曾写过一篇《地震》文，认为地震的原因是由于积土之气，不能解散，闭郁既久，其势不得不发，而发作起来，始于一处，旁及四隅，广者千里而遥，近者百十里而止。当年京师地震，德胜门、安定门及西直门三处城楼倒塌，百姓安居家中，忽而几案摆簸，酒杯倾覆，屋梁椽柱错折有声，楼阁房舍墙倾屋倒。于是人人疾趋户外，啼哭号叫，惊惶不定，甚至有人眩晕不能站立，坐在地上随地转侧。皇帝、皇子和王公大臣们无不离开宫殿府第，住在临时建搭的帐幕中。

乾隆没有遇上过地震。地震果然是“积土之气，闭郁既久”才不得不迸发出来的吗？还是像有的传闻说的“天讨有罪，天心示警”？如果是积土之气，那么，乾隆对于地震这件事是束手无策的。也许，地气要积数十百年才发一次，既然圣祖仁皇帝时发作过了，大概不会再发生了。若是天心示警，这，乾隆认为自己问心无愧，他不是一直努力在做一个好皇帝吗？他不是关心民间疾苦，不是到木兰来和蒙古部落会盟，好保疆卫国吗？

乾隆不希望在他的一生中会遇上地震。如果没有天灾，这就证明他是一个好皇帝，是名副其实的天子。于是，乾隆回到驻跸大营的御幄后，并不休息，他要做一个克勤克俭的皇帝，他要学圣祖仁皇帝一般，即使在一天的狩猎之后，仍旧继续举火阅奏章。由于京师每天有驿使出发，所以虽然三天后才能抵达木兰围场，却是每天有驿使到来，无论大小事情，乾隆了如指掌，奏折依然进报各地的晴雨表、进货的清单，什么地方有海盗，什么地方有乡民聚众暴乱等事；也奏明某地官兵得胜，某地田亩丰收，乾隆循例一一批阅，写上：知道了。

多半的奏章都是一些常见的琐事，但也有些奏折进奏一些新鲜的事儿。譬如有一份奏折奏的是闹雹灾的事，说的是甘肃凉州一带，每年夏秋之际常闹冰雹，灾情严重，冰雹不但危害人畜，还毁坏庄稼，当地人想出了一个治雹上策，每遇冰雹即将侵袭时，一齐用土炮火箭瞄准攻打，打中的冰雹当即消散。

乾隆一面阅读奏折，脑子里即浮现了攻打冰雹的情景，用这方法练兵，倒是一项健身强体的方法。若是把火枪营的兵将调度过去，不久就能练得一支枪法上乘的兵士了。奏折中也有一折奏的是新疆和田开采了一块巨大的玉石，为了搬运这块重达一万多斤的大玉石，竟然压死了许多人。无论乾隆是否于白天在围圈中狩猎太久，死伤的兽只看多了些，对于奏折中死了许多人的事，他照样忽略了过去，他的脑中，却被那块巨大的玉石吸引住，有这样一块美玉，得想想雕一个什么花样才好。

快驿带来的除奏章奏折外，也有口头的报导，譬如宫监们嘱咐驿使的答话，若是皇上问起宫中案几上的草儿，就回奏说每天检查一次，一根不少。乾隆曾说，宫中一切物件，哪怕是一寸草都不准丢失。为了认真，乾隆当时就拿了几根草放在宫中的案几上，叫人每天查数一次，一根也不可缺少。这就是“寸草为标”；这些草，将来可要一直留着，让大清帝国的子孙看着草儿，好好保卫国土。乾隆在木兰围场并没有问起宫中草儿的事，不过驿使却是立即可以回奏：三十六根草棍，一根也不少。

普天之下，莫非王土；草即是土，土即是国家。乾隆曾说：尺土具是版籍，疆址森然。他是一定要把中国的土地好好地留给大清的子孙的，而他的子孙一定要依照他的愿望把疆土尽力卫护，不受侵侮，直至永远。乾隆虽然身居紫禁城，人离开了紫禁城，足迹所到之处，除了京师近郊的卢沟桥，最远的地方只有木兰围场及盛京，可是，他知道他所统辖的国家到底有多大，国家的疆土是他重视的。在宫中，他常常翻阅的是圣祖仁皇帝当年制成的《皇舆全览图》。

把整个国家的山脉、河流、土地、海岛，准确地依比例画在平面的纸上，是西洋教士自海外传过来的新鲜事。康熙皇帝曾见过一幅由西洋教士进献的世界地图，又见过世界分洲地图，四大洲每洲一幅，图四周附以文字说明，略志各国地理、历史、政治和物产的概况。这些地图引起皇帝莫大的兴趣，于是命传教士雷孝思、白晋、杜德美以及本国学者何国栋等人绘制一幅较为详细的中国全图。经过十多年的跋山涉水，走遍各省大小山川，采用了经纬图法、三角测量法、梯形投影，终于绘制成《康熙皇舆全览图》。

乾隆记得，《皇舆全览图》共八排四十一幅，包括全国的总图和各省的分图，对着这许多幅的分省图，乾隆在宫中常常可以消磨整个下午。乾隆喜欢把图一幅一幅分别观看，他就会惊喜原来中国是这么大的一幅土地，仅仅是本部，就有一十八行省，这些地方他虽然没有到过，但名字是多么熟悉，如山东、山西、河南、安徽、湖南、湖北、陕西、甘肃、四川、云南、贵州、广东、广西、福建、江西。而江苏、浙江，更是他一直想前往游览的地方。这么许多省，气候不同，物产相异，风土人情，都各具特色。中国，真是一个奇异的大国家，而乾隆觉得心境愉快，因为他竟是这个奇异的大国家的皇帝。

有时候，乾隆会对着全国的总图呆呆地出神，京师在什么地方？原来是这地图上的一个芝麻点儿，京师在地图上仿佛不怎么起眼，反而是两条宽阔的大河，是国家的两条动脉。这两条大河真长，都一起流到海里去了。大河永远有流不完的河水，发源自那么远的西陲高原。巴颜喀喇山又是一座奇异的山，黄河在它的东麓发源，长江在它的南麓发源。或者，这个地方还不是大河的源头，河的源头也许还要远。巴颜喀喇山那边，还有可可西里山，还有祖尔肯乌拉山，还有沱沱河，这些地方，对于乾隆来说，太陌生了，站在地图的面前，乾隆觉得自己忽然变得渺小。不过，这也只是一刹那间的感觉，乾隆把一只手按在地图上，把一十八行省，连同长江、黄河都一起笼罩在他的掌下。

对着《皇舆全览图》，圣祖仁皇帝的影子又出现了，这么一个地大物博的国家，乾隆得好好保卫疆土的完整才是。圣祖仁皇帝的确是一个文治武功烜赫的皇帝，不但把国家治理得井井有条，平定了边藩的叛乱，还能够重视西洋传教士带来的新知识，绘制了《皇舆全览图》，如果当时不是为了要平定准噶尔部的叛变，发兵出征，《皇舆全览图》的成就当还不止此。因此，乾隆决定命传教士傅作霖、高慎思和蒋友仁等再绘制一套更详尽的中国地图集，把西北新疆地区的疆界也纳入范围。将来，大清帝国的版图不单包括了黑龙江以北、外兴安岭以南及库页岛在内，连西北地区也详详细细地绘得一清二楚，这新地图，将命名为“乾隆内府皇舆全图”。

圣祖仁皇帝曾派拉锡、舒兰等前往探索黄河的起源，到过星宿海。皇祖派人往溯河源，当然是为了绘制地图，乾隆决定也派人走一遭，一则可以把河源绘得更详细，一则也可以前往告祭河神，让河神保佑国家，水源充足，无灾无祸。乾隆每年例有祭文一篇，书于黄纸上，遣使送往西宁城，由西宁城的官员前往鄂敦他拉（星宿海），登上圣山，宰白牛一头、白牦牛一头、白羊三十只，连同猪及白母鸡祭河，求鄂敦他拉河神赐水，养活黄河流域上亿的百姓。

无数的星挂在木兰围场的天空，乾隆批阅过一叠奏折，抬起头来，从御幄帐顶上的天窗瞥见星在闪耀。夜已深，乾隆却毫无睡意，放下奏折，信步踏出营来，举头一望，但见众星丽天，说不出的清奇。四周一片寂静，幔城之前分别卫立着守夜的护军，但在御幄之外的内城空地上，却站着一人，正在仰头观望，见到皇上驾临，连忙趋前叩见。这个人不是别人，乃钦天监时宪科五官正明安图。明安图是蒙古人，于康熙时，曾在钦天监当天文生，对数学、天文、历法都有深湛的研究，乾隆对他十分赏识，很有把他提升为钦天监监正的意思，钦天监监正的职位，一般都由西洋传教士担任。这次乾隆上木兰秋狝，因为明安图是蒙古人，所以把他带了一起来。除了明安图，秋狝行伍中还有“上驷院”的蒙古医士，都善于治疗骨伤，能够采用冰冻麻醉的方法。乾隆这样做，当然亦有表示与蒙古族亲善的意思。

在呼和浩特五塔寺后面的山墙上，有一幅石刻的蒙文天文图，署上“钦天监绘制”的字样，正是明安图绘的草稿，由喇嘛自京师带回刻在石上，是一幅“盖天图”。北极在图的中心，有赤道、黄道，有二十八宿和银河，周围标注黄道十二宫、二十四节气和二十八宿的名称，周天度数和纬度都用藏码标记。明安图面对星空，能看到许多事物，乾隆却看不出一个名堂来，明安图一一详细解说，数列二十八宿为昴、毕、觜、参、井、鬼、柳、七星、张、翼、轸、角、亢、氐、房、心、尾、箕、斗、牛、女、虚、危、室、壁、奎、娄、胃。明安图说，翼有二十二星，像飞鸟的翼；张有六星，和有九星的弧矢合起来像张开的弓矢；井是八星，形状四木交加，像一口井；虚、危、室、壁四宿都和建筑有关……明安图对每一颗星都了如指掌，乾隆一时也记不得那么多，只记得银河旁的牵牛三星，中央一颗大星，是黄色的，和旁边两颗星合在一起称为河鼓，占星的人说这星是天子的三将军，主军鼓。

随乾隆到木兰围场来的一共有多少将军？难怪天上有那么多的星了。那么乾隆自己的星座呢？乾隆抬头仰望，天子所居的地方是天帝之座，名曰紫微，紫微座有十五星，紫微就是北极星，位于中天，特别明亮，有群星环绕，所以说“紫微正中”。紫禁城的建筑就是采用了“紫微正中”的结构，太和殿是崇高的天，乾清宫和坤宁宫是天地乾坤；乾清宫东面有日精门，西面有月华门，是日月；东西六宫，是十二星辰。此外，就是无数的星群了。

紫微星异常灿烂，乾隆龙颜大悦，这颗光亮的星不是显示了大清的国运和天子的福寿么？乾隆相信他真的可以像圣祖仁皇帝一般在世上活许多许多年。今日的合围，众皇子无不奋力以赴，乾隆看在眼中，心中有数，仰望天上的紫微，自信还可当许多年的皇帝，暂时并不打算决定由哪一个儿子来承继自己的帝位。况且，建储册立，非国家之福，召乱起衅，多由于此，谁是大阿哥，暂时还是留作一个谜吧。

夜更深沉，群星闪烁，凉风袭来，乾隆仍然一点睡意也没有，面对无边无际的天空，他不禁隐隐感到奇怪，自己是天子，而天是什么呢？在他的头顶上，垂着点点星辰的一片空茫茫的黑暗就是天了，白天的时候天是白的，黑夜的时候天是黑的，无论是黑是白，天深不可测。天是鸡蛋般的吗？还是无极之外，复无极呢？天是圆的还是平的，还是无形无状的？乾隆并不懂得天，他不必去懂天，只要自己是天子就可以了，只要天上的那颗紫微星一直明亮就可以了。在乾隆的心中忽然有一个声音在喊：紫微星不要暗，紫微星不要暗。

远处的天空渐渐地发起白来。

远处的天空渐渐地发起白来。

天还没大亮，正是哨鹿启程的时刻，乾隆换上猎装，出得营来，随同前往哨鹿的人众已经齐集大营的出口。哨鹿与合围并不相同，每次合围，动辄出动数千的精兵，而哨鹿，不过是十数人而已。齐集等待出发的将领中，除精于骑射的侍卫外，有一名特殊的人物，乃是蒙古勇士阿玉锡。阿玉锡本来是准噶尔属的司牧臣，准噶尔部叛乱，阿玉锡不愿跟随反叛的达瓦齐，于是迢迢万里前来归顺大清。乾隆对他另眼相看，在木兰合围时见他英勇过人，不愧为蒙古第一武士，简直是萨布素似的人物，因此赐他随伴哨鹿。

阿玉锡骑在马上，全身戎装，英姿飒飒，果然是一员勇将。于是乾隆命阿玉锡前来与自己并骑，一面询问他有关叛臣达瓦齐的详情。阿玉锡一一奏明，指出达瓦齐现在盘踞伊犁西南一百八十里的格登山，阿玉锡对当地形势非常熟悉，他又是来自准噶尔部，语言、服饰都和叛军相似，如领蒙古族战士突袭，胜券稳握。乾隆一直有平定准噶尔叛乱的打算，昨天合围时，从围圈的阵势联想到他日出兵，当可分两路出师，北路以班第为主将，阿睦尔撒纳为副将，由乌里雅苏台越过阿尔泰山；南路以永常为主将，萨赖尔为副将，出巴里坤，两路各率兵两万五千人，马七万匹，各携两月口粮，可约定于伊犁东北三百里博罗塔拉河会师。

木兰狩猎，虽说是为了练武，是行军的大演习，但到底和真正的出征不同。乾隆这次秋狝，心境和以往颇有差异，以往前赴木兰，意义明为习武，却还是狩猎的乐趣居多，但这一次就不同了。由于达瓦齐的叛变，乾隆已有平定准噶尔部的打算，因此一面远赴木兰，一面沿途与老经验的将领并骑而进，询及当年圣祖仁皇帝亲征的事迹，以作借镜。曾经参与平定准噶尔部叛乱的将领，对当年的战役记忆犹新，于是向皇上把沿途运输军粮的城镇、台站、山川沙漠、道路里程，描述得十分详细。当年的西路大军调集了官兵厮役共二万二千四百余人，中路大军三万二千九百七十多名，东路大军与西路相若，三路大军共约十万，准备了五个月的军粮，运粮车六千辆，每名士兵得马四匹，厮役一名，口粮八十日。乾隆特别留意的是运粮的情况，知道当年出征，以西路运输为重，自杀虎口到前线，每百里设一台，即兵站。运粮队各分为若干官“运”，每“运”又分若干“营”，每名督责官领运官八员，赎罪人二员，笔贴式二员，游击一员，车伕二百名，兵一百七十名，车二百辆，地方骡马七百匹，捐纳骡马二百匹。每二十五辆粮车有运粮官一员负责，一车载粮二千斤，全营二百辆车负责运军粮四十万斤。每辆车上插飞熊小旗一面，一营车行进时，绵延约二十里。当时中路军准备出发的运粮车就有五千辆，可以运粮一千万斤，真是一组庞大的队伍。粮车多，路程远，和木兰狩猎真是不可相比。在长途跋涉中，运粮的马驼耗损很大，往往要购当地的蒙古马车继续行走。有些地方窄狭，车不能行，就全用骡马负载，骡马需吃草，到了缺草料的地方，又得预先刈草结辫载马上，还没抵达战场，已经是一场人与大自然的战争。打仗，真是谈何容易，即使兵强将勇，但打一次仗，得耗费多少的库银？想到这里，乾隆不禁隐隐觉得，在威武的战绩背后，有颇多的阴影。但这也是一刹那间的感觉，乾隆是好胜的，他终于认为，国家富强，兵力精壮，而战争是不可避免的。

天渐渐发白，许多幽暗的草丛、林木，都已一点一点地明朗起来，十数人的一组哨鹿队自皇帝驻跸大营出来，也不知驰骋了多少里路，草原的秋晨本来气候寒凉，不过哨鹿队的一群人经过马上的一阵奔驰，并不觉得冷，反而觉得自林间拂动的劲风使他们感到十分舒畅。乾隆整夜根本没有休息过，但他并不觉得疲乏，晨风似乎把他吹得更加清醒，他觉得他的身体愈来愈康健，他是真的变成为圣祖仁皇帝的模样了。

哨鹿队抵达了一处丛林茂盛的地方，前面有一片广阔的空场，林间有隐蔽的山石和浓密的枝丫，是在这个地点，哨鹿队选择了他们的猎场。侍卫们四散查勘，骑着马缓缓行进，绕了一个圈，然后回来。有的侍卫驰上高冈或小丘上远望，有的侍卫下了马，细看地面上的野兽足迹。带着犬只的侍卫牵着犬只，没入草丛，犬只项颈上的朱缨金环渐渐在草叶间消失。有的侍卫肩上立着一头鹰，鹰的头目上罩着绣花的锦帽。一名穿着鹿皮衣，戴着鹿角帽的哨鹿者走到林间去了，当他自马上跨下来步行时，每个人都可以看见有两只脚，只见他一步一步地走路，整个人的上半身完全像一头鹿。那顶鹿角帽做得非常好，戴在头上，仿佛就像一头大角鹿一般，如果不是露出了鹿皮衣下的两只脚，真的会叫人以为那是一头鹿。这个奇怪的鹿形人终于没入林间，藏在山石的背后，在枝丫和麻石的另一端，露出了鹿的巨角，和半截身躯；到这个时候，没有人看得见他的双脚，他简直就是一头鹿，简直就是一头大角鹿。

哨鹿的人手里握着一管鹿哨，只见他把鹿哨管放在嘴边，忽然就有一阵鹿的鸣叫传出来，鹿的鸣声“呦呦”响。加上声音，哨鹿的人更像一头鹿了，如果远方另外有一队人，如果这里不是皇家的猎场，陌生的猎人一定会以为有一头真的巨大角鹿在山石背后。侍卫们都已经站好他们的位置，鹰不拍翼，犬不吠声，四周非常寂静。鹿是敏感的动物，只要有一点特异的响声，它们就会飞也似的逃走，所以，谁也不能发出一些声响，除了风声，除了树叶的颤抖，只有鹿哨发出来的呦呦声。侍卫们虽然保持一片肃静，但每个人都睁着锐利的眼睛，弓在手，箭在弦。他们不但四周观察，还要无时无刻地注视皇上的一举一动。

乾隆也做好了准备，金箭珠弓全在手中，只要有驯鹿过来，他将策马飞奔前去追赶。乾隆试试伸展他手中的弓，咦，怎么有什么地方不对劲？他再张拉他手中的弓，对着弓箭和他自己的双手瞧了一瞧，哦，原来忘了戴上一枚指环。乾隆看看自己的大拇指，没有戴上斑指，难怪拉弓按箭时总觉得不对劲了。乾隆因为没有指环，略一迟疑，但身边的一名侍卫非常机灵地已经立刻把自己大拇指上的戒指迅速脱下，双手呈献乾隆的面前。匆忙之间，哪里有时间回皇帝驻跸大营去取指环呢？乾隆没有带备指环，眉心一皱，这些侍卫真个疏忽。如今眼前突然出现了一枚指环，倒也佩服身边这名侍卫的机灵。乾隆侧头一看，身边的侍卫不是别人，原来是和珅，难怪这么灵敏。和珅一直最能体会乾隆的心意，侍卫中也只有他这个人最灵巧；如果不是灵巧，乾隆也不会带他上木兰围场来，还让他随侍哨鹿。和珅本来不过是个满洲官学生，在銮仪卫当一名随舆的侍卫，乾隆记得，有一次起驾出行，仓卒间竟发现没有黄盖随行，问起是谁之过欤，和珅回应道典守者不得辞其责，立刻发人找来黄盖，乾隆因其能言善道，遂升为总管仪仗。如今，乾隆手上没有指环，又是和珅将功赎罪。

哨鹿的声音继续在响，忽然，远处的林间有头灰色的动物一闪而过，更远的地方似乎也有不轻的骚动，哨鹿队的整群人无不屏息以待，连犬只也不敢把舌头伸得太长。天色更白了，树林的上空几乎已经没有一处不光亮起来，阳光自天空一角猛然显现，洒出一道金光，这金光刚巧投射在乾隆的手上。乾隆但觉手上光闪闪、亮晶晶，一片艳彩，说不出的温润华丽。皇帝奇异地注视着自己的手，原来指上套着的是一只碧绿的翡翠指环，这晶莹的宝石与乾隆内库的珠宝相比绝不逊色，真瞧不出，小小的和珅，手上戴的竟是这么一件稀世的奇珍。

树林的尽处闪出一头灰褐色的动物，虽然行动飞快，但它在奔跑的中途突然停了下来，静静地辨别声音的方向。于是，哨鹿队的人都看见了，那是一头巨大无比的公鹿，哨鹿的声音果然把它引来了。鹿是瘦的，但头上有树丫般的叉角，移动起来，仿佛一座小小的树林。乾隆并不策马追赶，鹿正朝这边飞跑过来，面对的方向，就是哨鹿者吹起鹿哨管的地方。鹿一直朝林间山石隐蔽的地方直奔过去。侍卫们的箭早在弦上，但他们的眼睛既忙于看鹿的走向，又要极力注意皇上的动态。鹿奔近了，乾隆放马上前去，但奔跑到山石之前时，却感觉拉得满满的弓，在阳光下，和箭镞一起闪闪发光，但更闪亮的乃是自己大拇指上那一枚碧绿的翡翠指环。透过指环的亮光，一闪一闪地，乾隆忽然看见在他面前的鹿也在一闪一闪。他立刻发箭，箭飞得比鹿跑得还要快，飕的一响，鹿中箭了，倒下去了。翡翠的指环还在闪，鹿也仍在闪，鹿没有倒，鹿又跳起来奔跑了，乾隆于是再发另一箭，箭直飞出去，只听得侍卫们一起呐喊起来：皇上神武。

皇上当然神武，不过，乾隆觉得今晨猎鹿，成绩可差了，怎么竟然要动用两支箭，平日不是一箭就可以把鹿射倒吗？居然要用两支箭，皇上神武，未免遗憾。但乾隆毕竟把鹿射倒了，侍卫们忙于过去做他们此刻必须立刻做的事情。一名侍卫迅速用佩刀割刺角鹿的喉咙，另一侍卫则握着一只通体白如羊脂的菊花白玛瑙杯，放在鹿的咽喉底下，盛载鲜热的鹿血。

乾隆接过了鹿血，一喝而尽，觉得躯体突然好像强壮起来，浑身暖暖的，说不出的舒服，对于手中的这一只杯子，他也觉得满意，蒙古族的银器充满粗犷的塞外气息，原来也有这么细致温婉的杯子。这菊花玛瑙杯通体雕菊花十六瓣，瓣间刻双刀线，口沿刻单线，口沿外侈，平底无足，杯底中间深刻圆蕊，细腻晶莹。并非汉人才有傲世的陶瓷杯盏，蒙古族人的食具原来也有他们的采丽；这件菊花玛瑙杯看来不像是新制成的工艺，似乎是件古玩，乾隆对古玩的鉴赏能力一直不差，那么古老的玛瑙杯，古到什么年代？蒙古人很早就在制这样的杯子，他们的文化倒也不容忽视，如此珍贵的杯子，他们用来盛鹿血，当然是因为尊敬他们共同的大可汗。是的，为了迎宴大可汗，他们曾动用了最精美的银器，如今，又准备了如此细致典雅的玛瑙杯。为什么不也用银杯盛载鹿血呢？乾隆正在奇怪怎么盛鹿血没有用银器时，却见和珅前来，呈上两支皇上的金箭，是从鹿身上拔下来的。乾隆叹道：这次竟要连发两箭才能射倒一头鹿。和珅连说皇上神武，所以要发两箭，是因为这是一头比往日要大许多的巨鹿。和珅并没有说其中的一支箭乃是他从哨鹿者的胸膛上拔下来的，但见他单膝屈跪，双手呈上满染鲜血的箭支，耳边听得皇上说道：就赏了给你吧。

参考词条

（按出现顺序）

1. 沙什克：鄂伦春、鄂温克族人穿的靴子，用狍皮制成。

2. 撮罗子：鄂伦春、鄂温克、赫哲等东北狩猎和游牧民族在猎民点搭建的圆锥形住所，又名“仙人柱”。

3. 乌力安：鄂伦春语，即鹿哨。用于狩猎，多用桦木制成，形似牛角，一端粗，一端细，能发出鹿鸣的呦呦声，吸引鹿群前来。

4. 白依尔氏族：鄂伦春族的一个姓氏。世居诺敏河流域。受汉族文化影响，后演变为单姓“白”。见《中国人的姓名·鄂伦春族》。

5. 玛拉依尔氏族：鄂伦春族的一个姓氏。世居呼玛河流域。受汉族文化影响，后演变为单姓“孟”。见《中国人的姓名·鄂伦春族》。

6. 柯尔特依尔氏族：鄂伦春族的一个姓氏。世居多布库尔河、甘河、诺敏河流域。有那旦千、车车依尔千、红改达千等分支。受汉族文化影响，后演变为单姓“何”。见《中国人的姓名·鄂伦春族》。

7. 乌力楞：意为“子孙们”“住在一起的人们”。曾是鄂伦春族和鄂温克族的社会生活组织。每个乌力楞包括四至七八个同一父系血缘的小家庭，多者达十余个。乌力楞内生产资料公有，共同劳动，猎获品平均分配。

8. 鄂罗斯：即俄罗斯，中国史籍中对俄罗斯的译称。见《世界历史地名辞典》。

9. 罗刹鬼子：指俄罗斯人，中国古代对俄罗斯人的译称，带有贬义。

10. 蕡桴蘖籥：指植物制成的吹打乐器。蕡，麻茎；桴，击鼓的槌；蘖，被砍去或倒下的树木再生的枝芽；籥，管乐器，形制似笛。